अकबर-बीरबल
की
रोचक कहानियाँ

अकबर-बीरबल
की
रोचक कहानियाँ

सं. विभा गुप्ता

लव-कुश पब्लिकेशंस
नई दिल्ली-110074

ISBN : 978-81-972638-1-1

मूल्य : ₹ 495.00

प्रथम संस्करण : 2026

प्रकाशक : **लव-कुश पब्लिकेशंस**
बी-24, गली नं. 16, छतरपुर एन्कलेव
फेस-2, नई दिल्ली-110074
Mob. : 8920457143
Email : luvkushpub@gmail.com

शब्द संयोजन : गुप्ता कम्युनिकेशन
शाहदरा, दिल्ली-110032

मुद्रक : बी.के. ऑफसेट
नवीन शाहदरा, दिल्ली-110032

AKBAR-BIRBAL KI ROCHAK KAHANIYAN by Ed. Vibha Gupta

(दो शब्द)

जब भी कभी बुद्धिमान व्यक्तियों की चर्चा होती है तो सबसे पहले बीरबल का ही नाम लिया जाता है। बादशाह अकबर और बीरबल की कहानियों से कौन परिचित नहीं है? सभी लोगों ने इनकी कहानियाँ सुनी अथवा पढ़ी अवश्य होंगी। समझदारी और हंसी-मजाक की अनूठी कहानियाँ आज भी हमें प्रेरणा देती तथा गुदगुदाती हैं। अकबर-बीरबल की कुछ चुनी हुई कहानियों का संग्रह कर पुस्तक को प्रस्तुत किया है। सरल भाषा तथा चित्रों ने पुस्तक को पूर्णता प्रदान करने का प्रयास किया है। हमें आशा है कि यह पुस्तक पाठकों के मनोरंजन के साथ-साथ ज्ञान का भी विकास करेगी।

—प्रकाशक

अनुक्रम

मूर्ख कौन और चतुर कौन

एक दिन बीरबल से बादशाह बोले–"इस दुनिया में कौन-सी जाति एवं धर्म ऐसी है जिनके लोग चतुर हैं और ऐसी कौन-सी जाति एवं धर्म है जिसके लोग मूर्ख होते हैं?" बीरबल ने कहा–"जहाँपनाह! व्यापारी ऐसे लोग हैं जो इस दुनियादारी की बातों में सबसे चतुर हैं और मुल्ला मूर्ख।" बादशाह अकबर बीरबल की इस बात पर यकीन नहीं कर पाये। उन्होंने अपने मन में सोचा कि जो मुल्ला इतने पढ़े-लिखे और होशियार होते हैं वो कैसे मूर्ख हो सकते हैं। उनके हृदय के अन्दर प्रकट हुए इस भाव को उन्होंने बीरबल से कहा।

"आलमपनाह! यदि आप कुछ रुपये खर्च कर सकें तब मैं अपनी बात साबित कर सकूंगा कि मुल्ला मूर्ख होते हैं।" बादशाह ने यह बात स्वीकार कर ली और बीरबल ने आज्ञा दी कि प्रधान मुल्ला को दरबार में पेश किया जाये।

मुल्ला के दरबार में हाज़िर होने के बाद बीरबल बादशाह अकबर से बोला–"बादशाह सलामत! कृपा कर आप उन बातों में बीच में न बोलें जो बातें हम दोनों आपस में करेंगे। हम दोनों जो भी बात करें, कृपया शांत भाव से सुनें।" बादशाह ने बीरबल को स्वीकृति दे दी।

प्रधान मुल्ला को अपने पास बैठाकर बीरबल ने बड़ी विनम्रता से कहा–"मुल्ला जी, बादशाह आपको सरकारी खजाने से वह इनाम देंगे जो आप उनसे मांगेंगे, केवल इसके बदले आपको अपनी दाढ़ी देनी होगी, क्योंकि अकबर बादशाह को आपकी दाढ़ी की बहुत जरूरत है।"

दरबार में अचानक बुलाये जाने की बात सुनकर मुल्ला जी पहले से ही अत्यन्त भयभीत थे। दाढ़ी देने की बात सुनने के बाद वह और भी भयभीत हो गये। मुल्ला जी डरते-डरते बोले–"यह कैसे मुमकिन हो सकता है? खुदा की दी हुई सबसे प्यारी वस्तु तो दाढ़ी है, मैं इसे कैसे दे सकता हूँ?"

बीरबल ने कहा–"मुल्ला जी, आज तो बादशाह सलामत को सिर्फ आपकी दाढ़ी की आवश्यकता है और आप उसे ही देने से इन्कार कर रहे हैं। यदि आपकी किसी अधिक महत्त्वपूर्ण वस्तु की आवश्यकता बादशाह को हुई तो आपसे वह क्या उम्मीद करेंगे? आपने जिनका नमक खाया उन्हें ही आपने एक छोटी-सी वस्तु देने से मना कर दिया। आप जानते हैं कि यदि जहाँपनाह चाहें तो आपके पास कुछ न रहे। इस देश में किसी का इतना साहस नहीं जो बादशाह को कुछ देने से मना कर दे। बादशाह तो आपकी इच्छानुसार दाढ़ी की कीमत दे रहे हैं यह भी उनकी कृपादृष्टि ही है।"

बादशाह की नाराज़गी की बात सुनकर मुल्ला भयभीत हो गया और इसलिए उसने नम्रतापूर्वक अपनी दाढ़ी के बदले दस रुपये देने की बात कही।

इतना सुनते ही बीरबल की आज्ञानुसार दरबार में नाई को बुलाया गया और मुल्ला की दाढ़ी साफ करा दी गई। मुल्ला ने दस रुपये लिये और बादशाह को दाढ़ी देकर घर की तरफ चल दिया।

जब मुल्ला चला गया तब बीरबल ने शहर से एक बड़े व्यापारी को बुलाया। उसकी दाढ़ी ज़्यादा लम्बी थी। जैसे ही व्यापारी को आज्ञा मिली वह भी तुरन्त दरबार में पेश हो गया। बीरबल ने व्यापारी से कहा–"व्यापारी जी, बादशाह सलामत को आपकी दाढ़ी की अति आवश्यकता है। बदले में हम आपको मुंहमांगी कीमत देंगे।"

"बादशाह सलामत, आप तो हमारे अन्नदाता हैं, जो और जैसी इच्छा हो वैसा ही करें, किन्तु हम बहुत गरीब लोग हैं।" व्यापारी बोला।

"इसमें गरीबी या अमीरी की तो कोई बात ही नहीं हैं। बादशाह को तुम्हारी दाढ़ी चाहिए और इसके बदले तुम्हें, तुम्हारी इच्छा की

एक रकम दी जायेगी।" बीरबल डाँटते हुए बोले।

व्यापारी भयभीत होकर बोला–"जहाँपनाह मालिक हैं जो चाहें कर सकते हैं लेकिन...?"

बीरबल बोला–"जो कहना चाहते हो साफ-साफ कहो।"

"बादशाह सलामत, जिस समय मेरी माता जी और पिता जी का स्वर्गवास हुआ था तब इन्हीं बालों की खातिर पाँच-पाँच हजार रुपये खर्च किये थे और जब उनकी क्रिया की गई और ब्रह्माणों को भोजन कराया गया तब भी इन्हीं बालों के लिए दस हजार रुपये खर्च हुए थे और बादशाह आप तो ये अच्छी तरह से जानते हैं कि ये दाढ़ी हमारे लिए कितनी अहमियत रखती है।" व्यापारी ने अपने अंदाज में कहा।

यह सुनकर बीरबल बोला–"बेकार की बातें करने से क्या लाभ? तुम्हारी दाढ़ी पर कुल मिलाकर बीस हजार रुपये खर्च हुए हैं। तुम अपने बीस हजार रुपये लो और अपनी दाढ़ी दे दो।"

व्यापारी ने बीस हजार रुपये लिए और दाढ़ी मुंडवाने के लिए तैयार हो गया।

उस समय दाढ़ी बनाने में किसी साबुन या क्रीम का प्रयोग नहीं किया जाता था। इसलिए जैसे ही नाई का हाथ दाढ़ी पर पड़ा व्यापारी क्रोधित हो गया। उसने नाई के गाल पर तमाचा लगा दिया और गुस्से में बोला–"तूने क्या इसे ऐसी-वैसी दाढ़ी समझी है। बस अब यह बादशाह की दाढ़ी हो गई।" व्यापारी के इस दुर्व्यवहार से बादशाह क्रोधित हो गये और उन्होंने नौकरों को आज्ञा दी कि इस दुष्ट व्यापारी को धक्के मारकर दरबार से निकाल दिया जाये।

बादशाह की बात सुनकर व्यापारी ने अपने बीस हजार रुपये लिये और वहाँ से भाग गया।

कुछ समय पश्चात् जब अकबर का क्रोध शांत हुआ तब बीरबल ने बादशाह से कहा–"व्यापारी की चतुराई देखी आपने। वह बीस हजार रुपये भी ले गया और दाढ़ी भी ठीक-ठाक लेकर चला गया और मुल्ला जी की मूर्खता देखिए कि वो मात्र दस रुपये में अपनी दाढ़ी देकर चले गये।"

❐

दीवान बनने का सपना

बादशाह अकबर अपनी बेगम के साथ बैठे हुए बातें कर रहे थे कि उसी समय एक कनीज़ आयी। पहले उसने बादशाह सलामत को झुककर सलाम किया और फिर अदब से कहा–"बादशाह! आपके साले साहब तशरीफ लाये हैं।" बादशाह कनीज़ से बोले–"उन्हें यहीं भेज दो।" फिर बेगम की तरफ मुड़कर बोले–"बेगम साहिबा! तुमने कहावत सुनी है, सारी खुदाई एक तरफ और जोरू का भाई एक तरफ।" बादशाह की बेगम भी चुप रहने वाली नहीं थीं। वह भी बोलीं–"मेरे सरताज! आप शायद भूल रहे हैं, आपने दूसरा फिकरा गलत प्रयोग किया।" अकबर बोले–"यदि हमने गलत सुनाया है तो अब आप सही करके सुना दीजिए।" बेगम बोलीं–"सारी खुदाई एक तरफ और दूल्हे का भाई एक तरफ।" उन्होंने भी जुमला बदलकर बता दिया। बादशाह यह सुनकर हंसने लगे। तभी बादशाह अकबर का साला अन्दर आया और सलाम किया। बादशाह ने कहा–"साले साहब! बैठिए, कैसे रास्ता भूल गए? क्या बेगम साहिबा को अपने साथ ले जाने आए हैं।"

"आलमपनाह! मैं तो एक काम से आपके पास आया हूँ।"

अकबर बोले–"कहिए, हम आपकी बात पर अवश्य ही विचार करेंगे।"

इतना सुनते ही साले साहब अत्यन्त प्रसन्न हुए और बोले–"बादशाह! आपने एक बार यह कहा था कि यदि कोई मुसलमान इतना चालाक, चतुर और तीव्र बुद्धि वाला हो जितना कि बीरबल है, तब हम उस मुसलमान को बीरबल की जगह दे देंगे।"

बादशाह बोले–"हाँ! हमने कहा था और यह सच भी है।"

"आलीजहाँ! क्या आप मेरी परीक्षा ले सकते हैं? यदि मैं उस परीक्षा में सफल रहा तब मेरा चुनाव उस जगह के लिए करना होगा, जो कि बीरबल की है।" साले साहब ने बड़े गर्व से कहा।

जब बादशाह ने अपने साले की यह बात सुनी तब पहले तो वह मुस्कराये और फिर अपनी बेगम की तरफ देखकर बोले–"साले साहब! यदि आप उस परीक्षा में सफल रहे तो आप हमारा भरोसा कीजिए, हम आपको अपना वजीर बना लेंगे।"

तत्पश्चात् अकबर ने कनीज़ को कोयले की डली लाने की आज्ञा दी। खूबसूरत-सी रकाबी में रखकर पेश हुई। बादशाह ने कोयले की डली साले साहब को दी और उनसे कहा–"साले साहब! यदि आप इस कोयले की डली को दस हजार रुपये में बेचकर आये वो भी तीन दिन के अन्दर तब हम मानेंगे कि आप बीरबल से भी ज़्यादा चतुर हैं।"

बादशाह की बात सुनकर साले साहब के होश उड़ गये। वह दुविधा में पड़ गया और अपने घर चला गया। घर जाकर मन में कहने लगा–"या खुदा! इस कोयले का एक भी पैसा नहीं मिलेगा। फिर यह दस हजार रुपये में कैसे बिकेगा? मैं इस परीक्षा में कैसे खरा उतरूँगा? बादशाह नहीं चाहते कि बीरबल उनसे दूर हो, इसीलिए उन्होंने मुझे यह कठिन काम दिया है। या अल्लाह! मैं वजीर नहीं बन पाऊँगा किन्तु बीरबल को भी इस कोयले के कोई दस हजार रुपये नहीं देगा। मैं यह बात बादशाह से जाकर कहूँगा।"

और फिर तीन दिन बाद भली प्रकार सोच-समझकर वह बादशाह के सामने बेहद दुःखी अवस्था में जाकर बोला–"बादशाह! मेरी गलती को माफ करना। यह कोयला तो एक पैसे का भी नहीं है फिर भला इसके दस हजार रुपये कौन देगा?"

अकबर हंसते हुए बोले–"घबराइये नहीं। चिन्ता की कोई बात नहीं है, आप दरबार में तशरीफ लाइये।"

जब साले साहब दुःखी अवस्था में दरबार में गये तब सभी

दरबारी उनके दु:ख का कारण जानने के लिए उत्सुक थे। साले साहब ने बहाना बनाया कि उनका सर चकरा रहा है। वह बता ही रहे थे, तभी बादशाह दरबार में आये।

सभी आवश्यक कार्य समाप्त करने के बाद अकबर ने साले साहब की तरफ देखा। बादशाह का इशारा समझते ही साले साहब ने वह कोयले की डली एक विशेष दरबारी को दी जो कि बादशाह के सामने पेश की गई।

बादशाह ने वह डली बीरबल को दिखाई और कहा–"बीरबल! यदि तुमसे कहा जाये कि यह कोयले की डली बेचनी है तो तुम इसे कितने दाम में बेचोगे?"

बीरबल ने उत्तर दिया–"जितने में बेचने की आप आज्ञा दें, उतने में ही बेच दूँगा।"

बादशाह बोले–"मेरी इच्छा है कि यह डली दस हजार रुपये में बेची जाए।"

बीरबल ने कहा–"जो आज्ञा! मैं इसे दस हजार रुपये में ही बेचूँगा।" और यह कहकर उसने वह डली ले ली।

बादशाह बोले–"आपको यह सबूत देना होगा कि आपने यह डली किस जगह बेची है?"

बीरबल ने सहमति दी और अपनी जगह पर बैठ गये।

दरबार से लौटने के बाद बीरबल एक दर्जी के पास गया और उसे मखमल का ढीला कुर्ता-पाजामा और टोपी सिलने के लिए कहा। उसके पश्चात् बीरबल ने कोयले की डली को बारीक पिसवाकर एक अत्यन्त सुन्दर जवाहरात की डिब्बी में रख दिया। ऐसा करने के बाद उस डिब्बी को उन्होंने एक सोने की डिब्बी में रख दिया। फिर उस डिब्बी को चाँदी की डिब्बी में रखा और ऐसे उन्होंने उस कोयले की डिब्बी को सात धातुओं की डिब्बियों में रखा।

अन्त में उन्होंने उसे एक चमड़े की पेटी में रखा। इसके बाद बीरबल ने एक छड़ी निकाली जो कि काले आबनूस की हीरे-पन्ने के नगों से जड़ी हुई थी और उसकी मूठ भी सोने की थी। बीरबल

यह सब कर ही रहे थे तभी दर्जी कपड़े लेकर आ गया। उन कपड़ों को भी उन्होंने जवाहरात और कीमती नगों से जड़ लिया। उसके बाद बीरबल कीमती कपड़े, मालायें पहनकर हाथ में छड़ी लेकर मुम्बई चले गये। बीरबल एक धर्मशाला में ठहरे और शहर में ऐलान करवा दिया कि बगदाद से एक सुरमे वाला आया है। जिसके घरवाले मर गये हों और वह ये सुरमा लगा ले तो उन मरे हुए घरवालों को वह देख सकता है। लेकिन उस शानदार सुरमे की एक सलाई की कीमत दस हजार रुपये है।

यह ऐलान सुनने के बाद पूरे शहर में शोर मच गया। शहर का हर व्यक्ति अपने मरे हुए घरवालों को देखने के लिए उत्सुक होने लगा। सब आदमी आश्चर्यचकित थे। यह खबर इतनी फैल गयी कि एक बड़े मारवाड़ी सेठ तक पहुँची। उस सेठ ने अपने नौकर से कहा कि वह धर्मशाला जाये और उस सुरमे वाले को हमारे पास बुलाकर लाये। नौकर आदेश पाकर धर्मशाला में पहुँचा और बीरबल को सेठ जी का संदेश दिया। बीरबल बहुत खुश हुआ और वह तत्काल ही सेठ जी के पास पहुँच गया। जब बीरबल सेठ जी के पास जा रहा था तब रास्ते से एक भीड़ उनके साथ चल दी।

बीरबल वहाँ पहुँचा तो नौकर ने उनसे अन्दर प्रवेश करने के लिए कहा। बीरबल ने कहा–"हम घर के अन्दर नहीं जाते हैं, इसीलिए तुम अपने सेठ को बाहर लेकर आओ।"

नौकर ने अन्दर जाकर सेठ जी से बीरबल के वचन कहे। ऐसा सुनकर सेठ जी अपने बाग में आकर बैठ गये और बीरबल भी उनके पास एक कुर्सी पर आकर बैठ गये। भीड़ ने भी बीरबल को चारों ओर से घेर लिया। अब बीरबल ने चमड़े की पेटी खोलने के बाद डिब्बी निकालते हुए वह सातवीं जवाहरात की डिब्बी निकाली जिसमें वह कोयला रखा था। वहाँ उपस्थित सभी व्यक्ति और सेठ जी बीरबल के बेशकीमती कपड़े, नगों की मालाएँ आदि देखकर प्रभावित थे, किन्तु जब उन्होंने सोने, चाँदी और जवाहरात की डिब्बियाँ देखीं तो वे और भी ज़्यादा आश्चर्यचकित हो गये। तब

बीरबल ने सेठ की तरफ देखकर कहा–"मुझे आप दस हजार रुपये दीजिए और इस सुरमे को लगाकर अपने मरे हुए घरवालों को देखिए।"

यह सुनकर सेठ जी ने दस हजार रुपये की मुहरें मंगवाईं और बीरबल को दे दीं। बीरबल ने उन्हें संभालकर रख लीं। उसके बाद बीरबल ने सीपी की बनी हुई सलाई को सुरमे में लपेटा और सेठ जी की आँखों के पास ले गये। फिर उन्होंने कहा–"सेठ जी, इस सुरमे में एक खास बात यह है कि इसे लगाकर वही आदमी अपने मरे हुए लोगों और बुजुर्गों को देख सकता है जो अपने माँ-बाप से पैदा हुआ हो, किसी दूसरे को नहीं दिखाई देंगे।"

यह कहने के बाद बीरबल ने सेठ जी की आंखों में सलाई से सुरमा लगा दिया। फिर कहा–"अब बताइये सेठ जी क्या आपको आपके बुजुर्ग दिखाई दिये?"

सेठ जी को दिखाई तो कुछ भी नहीं दिया किन्तु अब वे कुछ कर भी नहीं सकते थे। सेठ जी को बीरबल की चतुराई दिखा दिया तो मैं सबके सामने झूठा साबित हो जाऊँगा। इसलिए वह बड़े ही सकुचाकर बोले–"हाँ, मैं सबको देख रहा हूँ।"

अब बीरबल ने कहा–"तो ठीक है सेठ जी, आप मुझे अपना पता लिखकर दीजिए और उसमें यह भी लिखिए कि आपने मुझसे सुरमा लगवाया जिसे लगाकर मुझे मेरे मरे हुए घरवाले दिखाई दिये और मैंने इन्हें उस सुरमे की कीमत दस हजार रुपये दी।"

सेठ जी मजबूर थे, उन्हें लिखना पड़ा।

बीरबल जब लौटकर बादशाह के पास पहुँचे तो बादशाह उन्हें पहचान नहीं पाये किन्तु कुछ समय बाद जब उन्होंने पहचाना तो बहुत हंसे। फिर बीरबल ने सारी कहानी सुनाई जिसे सुनकर सभी दरबारी हंस पड़े।

बादशाह अपने साले से बोले–"बताइये साले साहब। बीरबल ने वो काम कर दिखाया जो नामुमकिन था। अब बताओ कि अधिक बुद्धिमान कौन है? तुम या बीरबल।"

यह सुनकर साले साहब का सर शर्म से झुक गया।

दर्पण झूठ न बोले

अकबर के राज्य में एक धूर्त महाजन था। वह प्रतिदिन भेष बदलकर प्रजा को परेशान करता था। परन्तु देखने में लगता था कि जैसे वह बहुत ही भला व्यक्ति है। वह भेष बदलने में इतना निपुण था कि उसके परिचित भी उसे पहचान नहीं पाते थे।

एक दिन उस महाजन ने एक चित्रकार को बुलाया और उसे आज्ञा दी कि वह उसका चित्र बनाये। चित्रकार ने पूरी मेहनत से उसका चित्र बनाया। जब महाजन ने चित्र देखा तो उसने अपनी भावमुद्राएँ बदल लीं। चित्रकार ने अपने चित्र को उससे मिलाया तो देखा कि चित्र तो महाजन से भिन्न था। चित्रकार चित्र वापिस ले गया और नया चित्र बनाने लगा। महाजन ने उसमें फिर कमियाँ बता दीं। इस प्रकार चित्रकार परिवर्तन कर-करके कई बार कठोर परिश्रम से चित्र बनाकर उसके पास ले जाता और वह उसमें वो कमियाँ निकालता जो चित्र में होती ही नहीं थी। दरअसल, चित्रकार महाजन की चतुराई समझ नहीं पा रहा था।

कुछ समय बाद चित्रकार उसकी चालाकी समझ गया और उसने उससे अपना मेहनताना मांगा। इतना सुनते ही महाजन उस चित्रकार पर क्रोधित होते हुए बोला—"तुम जब तक मेरा सही और असली चेहरे का चित्र नहीं बनाते, मैं तुम्हें एक भी पैसा नहीं दूंगा।"

चित्रकार को इस सबसे बहुत दुःख पहुँचा। जब उसने अपने दोस्तों को यह किस्सा सुनाया तो उन्होंने उसे बादशाह के पास जाकर मदद मांगने की सलाह दी।

जब बादशाह ने सारा वृतान्त सुना तो उन्होंने सारे चित्र मंगवाये और उस महाजन को भी बुलाया। बादशाह ने महाजन से सच बताने के लिए कहा।

महाजन बोला–"बादशाह सलामत! चित्रकार ने चित्र तो बनाये किन्तु कोई भी चित्र मेरे चेहरे से नहीं मिलता।" बादशाह जब कुछ समझ नहीं पाये तब उन्होंने बीरबल को बुलाकर उन्हें सारा किस्सा बताया और हल पूछा।

बीरबल को महाजन के विषय में पहले से ही सारी जानकारी थी, इसलिए उन्होंने चित्रकार से कहा–"चित्रकार जो चेहरा हम सब इस समय देख रहे हैं तुम ऐसा ही चित्र बनाओ फिर तुम्हें इनाम दिया जायेगा।" यह कहकर उन्होंने दोनों से जाने के लिए कहा। उनके जाने के बाद जब बीरबल ने बादशाह से महाजन के बारे में बताया तो वह ये सुनकार हतप्रभ रह गये।

चित्रकार कुछ ही दूरी पर पहुँचा होगा तभी बीरबल ने अपने सेवक को उसे बुला कर लाने के लिए कहा।

चित्रकार के वापिस आने पर बीरबल बोला–"तुम दो-तीन दिन बाद शहर से एक बड़ा शीशा लाकर उस महाजन के पास जाना और उससे कहना कि इस चित्र में आपका असली चेहरा है। वह शीशे में देखेगा तो उसे वैसा ही दिखाई देगा जैसा वो उस समय होगा और इस प्रकार वह हार जायेगा। ऐसा होने के बाद भी यदि वह तुम्हें तुम्हारा पारिश्रमिक न दे तो यहाँ आना, हम दिलवा देंगे।"

चित्रकार बीरबल की सलाह सुनकर प्रसन्न हो गया। फिर कुछ दिनों बाद उसने वैसा ही किया जैसा बीरबल ने कहा था। वह महाजन के पास गया और बोला–"यह लीजिए, आपका चित्र बन चुका है।"

महाजन शीशे को देखकर बोला–"मैंने चित्र बनाने के लिए कहा था किन्तु यह तो शीशा है।"

चित्रकार बोला–"आपका असली चित्र तो यही है।"

महाजन को समझते देर न लगी कि यह तरीका बीरबल का ही हो सकता है। अब महाजन ने सोचा कि यदि मैंने मना कर दिया तो मुझे सजा भी दी जा सकती है। अत: उसने चित्रकार को एक हजार रुपये पारिश्रमिक के रूप में दे दिये।

चित्रकार जिस समय रुपये लेकर बादशाह के दरबार में पहुँचा तब वहाँ बीरबल भी बैठा हुआ था। चित्रकार ने जब सारा वृतान्त बादशाह को सुनाया तब बादशाह बीरबल की युक्ति से अत्यन्त प्रसन्न हुए। फिर चित्रकार अपने घर चला गया।

❑

अनोखा न्याय

एक वृद्ध व्यक्ति को जो कि बहुत सज्जन थे, किसी जरूरी काम से शहर के बाहर जाना पड़ा। उनके साथ उनके घर के सदस्य भी थे। उन वृद्ध सज्जन ने युवावस्था से लेकर वृद्धावस्था तक कठिन परिश्रम किया जिसके फलस्वरूप उनके पास हजार अशर्फियाँ एकत्र हो गई थीं।

उनके साथ एक समस्या थी कि उनके जाने से घर अकेला रह जाता और खाली घर में अशर्फियाँ रखना भी ठीक नहीं था और न ही दूसरे देश में नकद रुपये ले जाना उचित था।

इस कारण वह अपने एक मित्र के पास जाकर निवेदन करने लगे कि वह उन अशर्फियों को अपने पास रख ले। उस मित्र ने उन वृद्ध सज्जन का अच्छी तरह से स्वागत किया और खुद क़ो विश्वासपात्र बनाने के लिए उस युवक ने भिन्न-भिन्न प्रकार की ईमानदारी से भरपूर छोटी-छोटी कहानियाँ भी सुनाईं।

वृद्ध व्यक्ति की इच्छा भी यही थी कि वह उनकी अशर्फियाँ रख ले। वे अपनी अशर्फियाँ उस युवक के पास रखकर निश्चिंत होकर चले गये। वापिस लौटने पर जब वृद्ध सज्जन अपनी अशर्फियाँ लेने उस युवक के पास पहुँचे तो वह साफ-साफ मना करने लगा और बोला—"तुम जैसे गरीब के पास अशर्फियाँ कहाँ से आ सकती हैं?"

पहले तो वह यही समझते रहे कि मित्र ने मजाक किया है किन्तु उसके बार-बार मना करने पर वह समझ गये कि उनका मित्र वे अशर्फियाँ हड़प लेना चाहता है। तब उस वृद्ध ने अपने मित्र से प्रार्थना की—"देखो मित्र, मैं बहुत गरीब हूँ। मेरे पास उन अशर्फियों

के अलावा और कुछ नहीं है। आप तो बहुत सज्जन हैं, आपको ये बातें शोभा नहीं देतीं।"

बूढ़े की बातें सुनकर उस युवक को क्रोध आ गया और उस वृद्ध को भला-बुरा कह कर घर से बाहर निकाल दिया। बूढ़ा रोता हुआ घर आया और उसने आस-पड़ोस में सब बात बताई परन्तु कोई भी उसकी मदद नहीं कर पाया। अंत में वृद्ध अपनी परेशानी लेकर बादशाह के दरबार में पहुँचा।

अकबर ने उसकी परेशानी बीरबल को बतायी। बीरबल ने बूढ़े की और उस युवक, दोनों की बातें ध्यान से सुनीं। सब सुनने के बाद बीरबल ने वृद्ध से पूछा—"क्या तुमने अपने मित्र को अशर्फियाँ किसी के सामने दी थीं।"

वृद्ध दुःखी होकर बोला—"वहाँ हम दोनों थे। एक आम का पेड़ था, जिसकी जड़ पर हम दोनों बैठे थे।"

बीरबल ने कहा—"अब तुम उस पेड़ से जाकर कहो कि वो गवाही देने यहाँ आये। तुम्हारे कहने से न आये तो मेरा नाम लेकर कहना। इतने पर भी मना करे तो बादशाह के नाम से ज़रूर आएगा।"

यह सुनकर बूढ़ा पेड़ के पास चला गया और उसका मित्र जिसने अशर्फियाँ ली थीं, वहीं बैठा रहा।

बूढ़ा जब कुछ देर तक नहीं आया तब बीरबल ने उस युवक से पूछा—"बूढ़ा उस पेड़ के पास पहुँच गया होगा या नहीं।"

युवक ने कहा—"अभी नहीं पहुँचा होगा, क्योंकि वहाँ जाने का रास्ता अत्यन्त कठिन है, इसलिए देर हो जायेगी।"

इतना सुनते ही बीरबल को समझते देर न लगी कि अशर्फियाँ इसी के पास हैं। कुछ देर के बाद बूढ़ा निराश होकर वापिस आ गया। उसने बीरबल से कहा—"हुजूर! मैंने पेड़ से आपका और बादशाह सलामत का नाम लेकर कई बार कहा कि वह मेरे साथ चले और गवाही दे, किन्तु वह पेड़ न तो अपने स्थान से हिला और न ही उसने कोई जवाब दिया।"

बीरबल ने बूढ़े से कहा—"तुम्हारे वहाँ पहुँचते ही और प्रार्थना

सुनते ही वह पेड़ मेरे पास आया और मुझे सब कुछ बता गया।"

वह युवक आश्चर्य से बोला, जो शुरू से वहीं बैठा था–"यहाँ तो कोई पेड़ नहीं आया। यदि आता तो उसे मैं भी देखता।"

बीरबल ने कहा–"यह बात तो सत्य है कि तुमने पेड़ के पास ही बूढ़े से अशर्फियाँ ली हैं, इसीलिए तुम बता रहे थे कि पेड़ तक पहुँचने का मार्ग कंटीला-पथरीला है। तुम्हारी इन्हीं बातों से स्पष्ट हो गया कि अशर्फियाँ तुम्हारे ही पास हैं। यदि तुम चाहते हो कि तुम्हारे साथ कोई भी दुव्यवहार न किया जाये तो शीघ्र बताओ कि सच क्या है अन्यथा तुम्हें दण्ड दिया जायेगा।"

यह सुनकर युवक भयभीत हो गया और उसने स्वीकार किया कि अशर्फियाँ उसी के पास हैं। बीरबल की आज्ञा पाकर युवक ने बूढ़े की अशर्फियाँ वापिस दे दीं और बीरबल ने उस युवक को उचित दण्ड दिया।

बीरबल का इन्साफ

फौजिया नाम की एक औरत थी, जो विधवा थी और उसकी कोई सन्तान भी नहीं थी। एक दिन उसने हज पर जाने का निश्चय किया। उसके पास केवल छह आभूषण थे। अतः उसने उन्हें बेचकर कुछ सोने की मोहरें ले लीं। कुछ मोहरें उसने खर्च करने के लिए अपने पास रखीं और बची हुई आठ सौ मोहरों को एक थैली में बन्द किया और उनके मुँह पर लाख की मुहर लगा दी।

फौजिया के पड़ोस में एक ईमानदार और त्याग करने वाला काजी रहता था। उसने सोचा कि वह अपनी थैली उसी के पास रखे। ऐसा सोचकर व काजी के घर जाकर उससे बोली–"काजी साहब, आप यहाँ सबसे ज़्यादा ईमानदार हैं। मैं हज पर जा रही हूँ और चाहती हूँ कि आप मेरी थैली अपने पास रखें। इसमें आठ सौ मोहरें हैं। यदि मैं ठीक-ठाक वापिस आ गई तो आप इन्हें वापिस कर देना और यदि मैं वहीं मर गई तो जैसी आपकी इच्छा हो वैसा करना।"

काजी ने कहा–"बीबी, आपकी वस्तु बहुत सुरक्षित रहेगी। आप इन्हें यहाँ रख कर जा सकती हैं।"

फौजिया ने थैली काजी को दी और हज करने चली गयी।

फौजिया ने जब थैली में मोहरें भरी थीं, उनमें उसने बहुत ही छोटा-सा निशान लगा दिया था जो देखने में आसानी से दिखाई नहीं देता था।

दो वर्षों बाद भी जब फौजिया वापिस नहीं लौटी तो काजी की नीयत खराब हो गई। उसने आठ सौ मोहरें पचा लेने की एक तरकीब निकाली और मौहरें खर्च करने लगा।

जब वह औरत तीसरे वर्ष लौटी तो काजी से अपनी मोहरों की थैली लेने गई। काजी ने थैली दे दी किन्तु उसमें सोने की जगह तांबे और रांग के टुकड़े रख दिये। औरत ने जब उन्हें देखा तो वह घबराकर काजी के पास गयी और उससे सारा किस्सा सुनाया।

स्वार्थी काजी बोला–"मैं नहीं जानता उस थैली में क्या था? तूने जैसी मुहर लगी थैली मुझे दी थी, मैंने तो वैसी ही वापिस कर दी।"

फौजिया दुःखी होकर बोली–"काजी साहब! मोहरें थैली में मैंने अपने हाथ से रखी थीं। आप सब नहीं देना चाहते तो आधी ही दे दीजिए। लेकिन मुझ गरीब के साथ यह अन्याय न करें।"

काजी क्रोधित होकर बोला–"तुम्हारे शोर मचाने से क्या फायदा। यहाँ से चली जाओ, नहीं तो धक्के मारकर निकाल दिया जायेगा।"

फौजिया समझ गयी कि काजी मोहरें हड़प लेना चाहता है, इसलिए वह निराश होकर बादशाह अकबर के दरबार में न्याय मांगने गयी। बादशाह ने काजी को भी अपने दरबार में पेश होने का हुकुम दिया।

अकबर ने काजी से कहा–"काजी, तुम उस थैली के बारे में कुछ कहना चाहते हो।"

काजी शराफत का नाटक करते हुए बोला–"यह औरत कुछ वर्ष पहले मेरे पास एक थैली रख गई थी। इसके लौटने पर मैंने वही मोहर लगी थैली इसे लौटा दी। मुझे मालूम नहीं कि उसमें सोने की मुहरें थीं या तांबे और रांग की।"

काजी का उत्तर सुनकर बादशाह को उस पर शक हुआ। उससे अकबर ने घर जाने के लिए कहा। फिर उस औरत से बोले–"तुम निश्चिंत रहो और घर जाओ। कुछ दिनों बाद तुम्हें मोहरें मिल जायेंगी।"

बादशाह ने यह कार्य बीरबल को सौंप दिया।

बीरबल उस औरत से थैली लेकर अपने घर चले गये। उसके बाद बीरबल ने कुछ थैलियाँ मंगवाईं और उनमें कुछ भरा। फिर ऊपर से लाख की मोहर लगा दी। उन थैलियों में छेद करके रफूगरों

को रफू करने के लिए दे दी।

उन थैलियों में से एक थैली इतनी बारीक रफू की गई थी कि छेद देखने पर पता नहीं चलता था। बीरबल ने उस रफूगर को अकेले स्थान पर ले जाकर बहुत डाँटा-धमकाया। तब उसने बताया कि लगभग डेढ़ वर्ष पहले एक काजी ने उससे एक थैली रफू करवाई थी।

बीरबल ने पूछा—"क्या तुम जानते हो कि उस थैली में क्या था?"

रफूगर बोला—"मुझे दो मोहरें मिली थीं।"

"मोहरें भुनवा लीं या जैसी थी वैसी ही रखी हैं?" बीरबल ने पूछा।

"एक भुनवाई है और एक वैसी ही रखी हुई है।"

"जाओ, जाकर वह मोहर लेकर शीघ्र वापिस आओ।"

जब रफूगर मोहर लेने गया तब बीरबल ने फौजिया और काजी को दरबार में बुलाया।

रफूगर को मोहर लाते देख काजी भयभीत हो गया। बीरबल ने मोहर उस औरत को देते हुए कहा—"जैसा कि तुमने कहा था कि इस पर चिह्न लगा है, वह चिह्न हमें दिखाओ।"

फौजिया ने तुरन्त ही चिह्न लगा दिखा दिया। रफूगर को थैली दिखाते हुए बीरबल ने पूछा—"क्या, यह थैली वही है?"

रफूगर बोला—"जी हुजूर! यह वही थैली है।"

"किस जगह रफू किया था तुमने, बताओ हमें।"

"यह देखिए। इस जगह रफू किया था।" रफूगर दिखाते हुए बोला।

बीरबल ने काजी से पूछा—"क्या कोई जवाब है तुम्हारे पास।"

काजी से कोई जवाब नहीं दिया गया। बीरबल की आज्ञा से उसे कैद कर लिया गया। तलाशी लेने पर उसके मकान में से मोहरों से भरी थैली निकली। जब फौजिया ने सभी मोहरों पर लगाया हुआ चिह्न दिखाया तो बीरबल ने उसे सारी मोहरें देकर विदा कर दिया। रफूगर को भी सच बोलने का इनाम दिया गया और काजी की सारी जायदाद ज़ब्त कर ली गई। बीरबल का न्याय देखकर बादशाह बहुत प्रसन्न हुए।

❒

योग्यता के बल पर

अकबर के दरबारी और अन्य सभासद बीरबल से ईर्ष्या करते थे और इसलिए वह उनके बीच हमेशा वाद-विवाद का विषय बने रहे। उनसे ईर्ष्या करने वाले हर समय यही सोचते रहते थे कि बीरबल को उसके उच्च पद से हटाने में कब कामयाब होंगे।

उन्हें ऐसे अवसर भी प्राप्त होते थे। एक बार बीरबल कहीं गये हुए थे, तभी बीरबल से ईर्ष्या करने वालों ने अकबर से कहा–"बादशाह! हम सभी की समझ में यह बात नहीं आती कि हम बीरबल से कहीं अधिक पढ़े-लिखे और बुद्धिमान हैं, फिर भी बीरबल को अधिक महत्त्व क्यों दिया जाता है?"

ऐसा सुनकर बादशाह मुस्कराने लगे।

तभी एक सभासद बोला–"आलीजहाँ! शायद वह हमसे ज़्यादा विद्वान है, इसीलिए आपको उससे इतना लगाव है।"

बादशाह फिर मुस्कराने लगे और बोले–"आप दोनों में बहुत अंतर है।"

"हुजूर! हम जानना चाहते हैं कि हम दोनों में क्या अन्तर है?"

बादशाह बोले–"क्या आप वास्तव में फर्क जानना चाहते हो?"

"हाँ, आलीजहाँ।"

"हम आपको अन्तर अवश्य बतायेंगे। इसी समय बीरबल के पास सूचना भेजी जाए कि वह सात दिनों का अवकाश रखे और दरबार में न आए। अब तुम सभी में जो अधिक बुद्धिमान हो, वह बीरबल के स्थान पर कार्य करे। हम इन सात दिनों में बता देंगे कि आपमें और बीरबल में क्या अन्तर है।"

फिर उन लोगों में सबसे अधिक बुद्धिमान को बीरबल के स्थान पर नियुक्त कर दिया गया। बीरबल की सात दिन की छुट्टी करने के बाद अकबर उनकी परीक्षा लेने का अवसर ढूंढ़ने लगे। सप्ताह समाप्त होने ही वाला था कि बादशाह ने उस बुद्धिमान व्यक्ति से कहा–"कुछ दिनों से हमारे महल के पीछे से आवाजें आती रहती हैं। आप देखकर आओ मामला क्या है।"

"जो आज्ञा बादशाह सलामत!" कह कर वह व्यक्ति वहाँ देखकर आ गया।

बादशाह मुस्कराकर पूछने लगे–"बताओ, क्या मामला है?"

"महल के पीछे एक कुजिया ने बच्चे दिये हैं, उनकी ही आवाजें आती हैं।"

बादशाह बोले–"कितने बच्चे हैं?"

"जहाँपनाह! मैंने तो गिने ही नहीं।"

"अब जाओ, और गिनकर आओ।"

वह व्यक्ति दोबारा देखकर आया और बोला–"आलीजहाँ! पाँच बच्चे दिये हैं। मैंने उन्हें स्वयं गिना है।"

"फिर तो तुमने यह भी देख लिया होगा कि कितने नर हैं और कितने मादा?"

व्यक्ति ने कहा–"यह तो मैंने देखा ही नहीं।"

"जाओ, देखकर आओ।"

वह फिर गया और आकर बोला–"आलीजहाँ! दो नर हैं और तीन मादा!"

"अच्छा, उनमें नर का रंग कैसा है?"

"जी?" वह आश्चर्य से बोला और फिर से जाने के लिए मुड़ा।

बादशाह ने कहा–"कहाँ जा रहे हो? मैंने तो नर बच्चों का रंग पूछा है।"

वह बोला–"जी मैंने ध्यान से नहीं देखा, मैं फिर से देख आता हूँ।" वह व्यक्ति चौथी बार गया और वापिस आकर बोला–"उनमें से एक नर काला-सफेद है और एक बादामी। मादा में से दो काली और एक बादामी हैं।"

बादशाह ने कहा–"बैठ जाइए।"

वह व्यक्ति अपने स्थान पर बैठ गया। फिर बादशाह ने बीरबल को बुलाकर लाने का आदेश दिया। बीरबल आकर बोला–"बादशाह! अभी तो अवकाश का एक दिन और शेष है। मैं तो परसों स्वयं ही आ जाता।"

बादशाह बोले–"एक अति आवश्यक काम था।",

बीरबल ने नम्रतापूर्वक कहा–"आदेश दीजिए।"

बादशाह ने बीरबल को भी महल के पीछे आने वाली अजीब आवाजों का पता लगाने के लिए कहा और जल्दी लौटने के लिए भी कहा।

जब बीरबल लौटकर आया तब बादशाह ने मामला पूछा।

बीरबल बोला–"वहां एक कुतिया ने बच्चे दिये हैं। उन्हीं की आवाजें आती रहती हैं। बस और कोई बात नहीं है।"

फिर बादशाह ने बीरबल से वही सब सवाल पूछे जो उस व्यक्ति से पूछे थे और बीरबल ने उन सब सवालों के उत्तर तुरन्त ही दे दिये। जिस कार्य को उस व्यक्ति ने चार बार में और कई घंटे लगाकर किया वही कार्य बीरबल ने एक बार में और आधा घण्टा लगाकर कर दिया। बादशाह उसके उत्तर से प्रसन्न हुए। फिर उन्होंने उस चतुर व्यक्ति से कहा–"अब तुम समझ गये होंगे कि तुममें और बीरबल में क्या अन्तर है।"

वह व्यक्ति बोला–"जी हुजूर!" और उसका सर शर्म से झुक गया। बीरबल ने जो मान–सम्मान पाया है वह अपनी योग्यता के बल पर पाया है।

❐

धूर्त साहूकार

एक नगर में बहुत बड़ा सेठ रहता था। उसका नाम रामशरण था। नगर में उसका बहुत आदर किया जाता था। एक दिन भुगतान कराने उसके पास एक साथ तीन हुण्डियां आईं। सेठ को उसके लिए तीन लाख रुपये की आवश्यकता थी। उसके पास रुपये आने में पांच-छह दिन शेष थे। रामशरण ने मुन्शी को हिसाब मिलाने के लिए कहा और स्वयं रुपयों का इंतजाम करने के लिए चला गया।

उस समय रामशरण जैसा एक ही धनवान महाजन था, जिसका नाम हरमोहन था। वह बहुत ही कपटी और ईर्ष्यालु प्रवृत्ति का व्यक्ति था। रामशरण यह बात जानता था, किन्तु और कोई ऐसा था भी नहीं जो उसे एक साथ तीन लाख रुपये दे सकता। मजबूरी में रामशरण उसके पास तीन लाख रुपये उधार मांगने गया। हरमोहन रामशरण से ईर्ष्या करता था और चाहता था कि रामशरण को वह नीचा दिखाकर रास्ते से हटा दे और स्वयं दिल्ली का नगर सेठ बन जाये।

जब रामशरण उसके पास गये तो हरमोहन को अवसर प्राप्त हो गया और वह रामशरण से बोला—"सेठ जी! आप पहली बार मुझसे उधार रुपये लेने आए हैं इसलिए मैं आपसे सूद भी नहीं लूगा। बस आपको मुझसे वायदा करना होगा कि यदि आप एक सप्ताह से पूर्व सारा रुपया लौटाने में असमर्थ रहे तो मैं आपके शरीर में से एक सेर मांस काट लूंगा, जहाँ से मेरी इच्छा होगी। आपको यदि इस फैसले में कोई आपत्ति हो तो बता दीजिए। बाद में हम आपकी कोई बात नहीं मानेंगे।"

यह जानते हुए भी कि हरमोहन बहुत निर्दयी है वह रुपये लेने

पर मजबूर था। उसे आशा थी कि पाँच-छह दिन में उसके पास इतने रुपये जमा हो जायेंगे अतः उसने इकरारनामे पर दस्तखत कर दिये। फिर वह रुपये ले गया और हुंडी वालों को रुपये दे दिये।

जिस रुपये के आने की आशा रामशरण को थी वह रूपया सप्ताहभर में नहीं आ सका। फिर भी उसने जैसे-तैसे रुपयें और सूद जमा करके हरमोहन के यहां भिजवा दिये।

सप्ताह तो उसी दिन पूरा हुआ था, किन्तु हरमोहन की नीयत खराब हो गई थी। उसने कहा—"रामशरण ने सप्ताह से पूर्व रुपया नहीं लौटाया, इसलिये शर्त के अनुसार मैं एक सेर मांस लूंगा। मैंने अदालत में याचिका दायर कर दी है।"

रामशरण अदालत में पहुंचा और न्यायाधीश से बोला–"हरमोहन मेरी जान लेना चाहता है। मैंने तो निश्चित समय पर रुपये भिजवा दिये थे किन्तु इसने लेने से इंकार कर दिया। लेकिन हरमोहन तो उसका मांस ही लेना चाहता था।"

अदालत में न्याय मिलते न देख रामशरण अकबर के दरबार में पहुँचा। इस हैरानी वाली शर्त को सुनकर बादशाह ने न्याय के लिए बीरबल को बुलाया।

बीरबल ने करारनामे को ध्यान से पढ़ा और कहा–"हरमोहन सारे सबूत तुम्हारे पक्ष में हैं। तुम क्या चाहते हो? ब्याज सहित रुपये लेना मंजूर है।"

किन्तु हरमोहन ने रुपये लेने से इन्कार कर दिया और रामशरण के शरीर से एक सेर मांस लेने को कहा।

हरमोहन को अपनी जिद पर अटल देख बीरबल ने उससे कहा–"ठीक है, तुम इकरारनामे के हिसाब से रामशरण के शरीर में से एक सेर मांस ले सकते हैं। किन्तु यह ध्यान रहे कि खून की एक बूंद भी नहीं गिरनी चाहिए अन्यथा तुम्हें सपरिवार मृत्युदण्ड दिया जाएगा।"

यह सुनकर हरमोहन भयभीत हो गया। वह रोकर-गिड़गिड़ाकर रामशरण से माफी मांगने लगा। उसने बिना ब्याज के रुपये लेना स्वीकार कर लिया।

रामशरण जो बहुत ही दयालु था, उसने बादशाह से विनती की कि हरमोहन को कठोर दण्ड न देकर माफ कर दें। तब बीरबल ने कहा–"हरमोहन, तुम्हें अपनी पुत्री का विवाह रामशरण के पुत्र से करना होगा और एक लाख रुपये दहेज रूप में उसे देने होंगे।"

बीरबल के इस आदेश को हरमोहन ने स्वीकार कर लिया। बीरबल का न्याय देखकर बादशाह अकबर बहुत प्रसन्न हुए।

□

कपटी औरत

एक बार बादशाह अकबर दरबार में बैठे हुए थे तभी एक औरत एक आदमी को पकड़कर लाई और बोली–"बादशाह! इस आदमी ने मेरे जेवर चुराये हैं।"

बादशाह ने इसका कारण उस व्यक्ति से पूछा तो वह बोला–"आलीजहां! मैं तो यहां नया-नया आया हूँ। इस औरत ने मुझे आपसे भेंट करवाने का वादा किया और मैं इसके साथ यहां आ गया। मैंने इसके जेवर नहीं चुराये हैं।"

"इसी ने मेरे जेवर चुराये हैं। यह झूठ बोल रहा है।" औरत बोली। कोई नतीजा निकलते न देख बादशाह ने बीरबल को न्याय करने के लिए बुलाया। बीरबल ने दोनों पक्षों की बातें सुनकर औरत से कहा–"तुम्हारे जेवर की क्या कीमत थी?"

औरत ने कहा–"जी, पाँच हजार रुपये के थे।"

बीरबल ने गुप्त रूप से सरकारी खजाने में से पाँच हजार रुपये उस आदमी को देते हुए समझा दिया कि बादशाह के आदेश पर यह रुपये इस औरत को दे देना।

बीरबल की आज्ञानुसार उस आदमी ने औरत को पांच हजार रुपये दे दिये। औरत रुपये लेकर खुश होती हुई चली गई।

अब बीरबल ने कहा–"तुम जाओ और उस औरत से सारे रुपये छीन लाओ।"

जब वह आदमी उस औरत से रुपये छीनने गया तब बीरबल ने अपने दो नौकरों को घटना की जानकारी लेने उसके पीछे भेज दिया। आदमी ने उस औरत से रुपये छीनने की बहुत कोशिश की किन्तु वह सफल नहीं हो सका। उन दोनों के दरबार में आने से

पहले ही नौकरों ने सारा किस्सा सुना दिया। यह सब सुनते ही बीरबल समझ गया कि वह एक चालाक और दुष्ट औरत है।

थोड़ी देर बाद वह औरत उस आदमी को साथ लेकर फिर से दरबार में उपस्थित हुई और बोली—"आलमपनाह! यह आदमी फिर से मुझसे रुपये छीन रहा था किन्तु मैंने इसे सफल नहीं होने दिया और आपके पास ले आई।"

बीरबल बोले—"क्या यह तुमसे रुपये छीन पाया?"

"नहीं, इसने कोशिश तो बहुत की लेकिन विजयी नहीं हो पाया।" वह बोली। बीरबल डांटते हुए उस औरत से बोले—"तुम झूठ बोलती हो। जो व्यक्ति तुमसे रुपये नहीं छीन पाया वह तुम्हारे जेवर कैसे उतार सकता था। सच-सच बताओ, बात क्या है अन्यथा तुम्हें कठोर दण्ड दिया जायेगा। दण्ड की बात सुनकर वह औरत डर गयी और उसने अपना अपराध स्वीकार कर लिया। बीरबल ने उस औरत को कारागार में डाल दिया और उस आदमी को इज्जत से विदा किया। बीरबल का इंसाफ सभी दरबारियों को बहुत अच्छा लगा। बादशाह तो बहुत प्रसन्न हुए।"

❑

सच्चा न्याय

वसन्त ऋतु में बादशाह ने अपना दरबार बाग में लगवाया। वह अपने सिंहासन पर बैठे हुए थे और निकट ही बीरबल बैठे हुए न्याय कर रहे थे। पाँच-छः घंटों के बाद उनका कार्य समाप्ति पर था तभी एक व्यापारी अपनी समस्या लेकर दरबार में उपस्थित हुआ।

उसने बादशाह को बताया–"मैं अजमेर का रहने वाला एक व्यापारी हूँ। कुछ दिनों पहले मैं बंग देशांतर्गत पहुंचा। वहां एक सौदागर के पास अत्यंत सुन्दर राजहंस था। मैंने वह राजहंस आपके महल के योग्य समझ उससे एक हजार रुपये में खरीद लिया। मैंने उसे एक पिंजरे में बंद करके कमरे में टांग दिया। वह पिंजरा वहां रोज लटका रहता था किन्तु आज वह वहां नहीं हैं। मुझे लगता है, कि मेरे नौकरों ने उसे मार दिया है। मेरी प्रार्थना है कि अपराधियों को दण्ड देकर न्याय किया जाये।"

सारी घटना सुनने के बाद जब बादशाह अकबर ने व्यापारी ने नौकरों को बुलाकर पूछा तो उन्होंने साफ-साफ इंकार कर दिया। उनके मना करने पर बादशाह ने व्यापारी से पूछा—"तुम्हें किसी और पर शक हो तो बताओ।"

यह सुनकर सौदागर निराश हो गया और बोला—"मुझे न्याय चाहिए, सच्चा न्याय।"

बीरबल ने कहा—"शांत रहो, तुम्हें सच्चा न्याय जरूर मिलेगा। बीरबल ने उन नौकरों को दोबारा बुलाकर कुछ खोज करने के बाद उनमें से एक से कहा—"वाह! तारीफ करनी पड़ेगी तुम्हारी होशियारी की। पक्षी को मारकर खा लिया उसके पंख अपनी पगड़ी में छिपा लिये। अब तक तूने स्वीकार नहीं किया, अब बता क्या कहता है?"

यह सुनकर पक्षी चुराने वाले ने सोचा कि मैंने भूलवश पंख पगड़ी में तो नहीं रख लिये और धीरे-धीरे पगड़ी को देखने लगा। जब वह हाथ से टटोल कर देख रहा था तब बीरबल की नजर उस पर पड़ी।

बीरबल ने उसे डराया-धमकाया किन्तु उसने अपना अपराध स्वीकार नहीं किया। किन्तु जब बीरबल ने उसे मृत्युदण्ड देने की बात कही तो वह डर से कांपने लगा और अपनी गलती स्वीकार कर ली।

इस प्रकार बीरबल की बुद्धिमानी से व्यापारी को न्याय मिला और चोर को सजा दी गई। उसके न्याय से सभी प्रसन्न थे।

❑

पेड़ के टुकड़े कर दो

केशव और पेमिला पड़ोसी थे। एक बार आम के पेड़ को लेकर उनमें विवाद उत्पन्न हो गया। दोनों ही पेड़ को अपना बता रहे थे। अतः वे दोनों न्याय मांगने अकबर के दरबार में पहुंचे। केशव ने बादशाह से कहा–"बादशाह सलामत। मैंने जिस पौधे को सींचकर पेड़ बनाया है, उस पर पहली बार फल लगे हैं। उन फलों को देखकर, पेमिला पेड़ पर अपना कब्जा करना चाहता है। मुझे इंसाफ चाहिए।"

बीरबल को यह समस्या हल करने का आदेश दिया गया। बीरबल ने दोनों पक्षों की बात सुन करके सब को घर भेज दिया। फिर वह पेमिला से बोले–"क्या आम का पेड़ तुम्हारा है?"

पेमिला ने नम्रतापूर्वक कहा–"हां दीवान साहब, वह आम का पेड़ मेरा ही है। सात साल तक मैंने उसकी रक्षा की, मेहनत की और आज उसे फलदार देखकर केशव उसे अपना बनाना चाहता है।" बीरबल ने पेमिला की बात सुनकर उसे भी घर भेज दिया। फिर एक चौकीदार को जो उस पेड़ की देख-रेख करता था, बारी-बारी से उन दोनों के घर भेजा। चौकीदार के पीछे बीरबल ने अपने दो सेवकों को बात का सही-सही पता लगाने भेजा। चौकीदार पहले केशव के घर गया वहां वह नहीं था। उसने केशव की पत्नी से कहा कि आम के पेड़ के पास चोर हथियार लेकर खड़े हैं, उन्हें शीघ्र भेज दो। ऐसा ही उसने पेमिला के घर जाकर कहा।

केशंव के आते ही उसकी पत्नी ने उसे सारी बात बताई तो वह बोला–"ले जाने दो। अच्छा है, यदि वे आम मेरे नहीं तो पेमिला को भी नहीं मिलने चाहिए।" किन्तु जब यही बात पेमिला को पता

चली तो वह बिना कुछ खाये-पिये डंडा लेकर उन चोरों को मारने दौड़ा। बीरबल से जाकर बता दी। बीरबल को समझते देर न लगी कि केशव झूठ बोल रहा है।

दूसरे दिन बीरबल ने केशव और पेमिला दोनों को बुलाकर कहा–"यह पेड़ तुम दोनों का है, अतः इस पेड़ को कटवाकर तुम दोनों में आधा-आधा बांट दिया जायेगा।" केशव तो यह सुनकर बहुत खुश हुआ किन्तु पेमिला को अत्यन्त दुख पहुँचा। उसने बीरबल से प्रार्थना की कि, "हुजूर, आप यह पेड़ केशव को ही दे दीजिए किन्तु इसे काटियेगा नहीं। कम से कम वह पेड़ मेरी आंखो के सामने तो रहेगा।"

यह सुनकर बीरबल ने कहा–"यह पेड़ पेमिला का ही है, केशव झूठ बोल रहा है। जब चोर आम के पेड़ से आम तोड़ने आये तब केशव ने कुछ नहीं किया और अब भी उसे पेड़ के कटने का कोई दुख नहीं है। इसलिए यह पेड़ पेमिला का ही है।" अपराध घोषित होने के बाद केशव को दण्ड दिया गया और पेमिला को उसका पेड़ सौंप दिया गया। बीरबल के न्याय को सुनकर बादशाह ने उसकी बहुत प्रशंसा की।"

❒

बेगम बहक गयी

यह तो सब जानते ही हैं कि बादशाह अकबर बीरबल को बहुत चाहते थे और वे अपनी बेगम से भी बहुत प्रेम करते थे। बीरबल से ईर्ष्या करने वाले दरबारी चाहते थे कि बीरबल को उसके पद से हटा दिया जाए। अत: उन्होंने बेगम के भाई को भड़काते हुए कहा कि आप जैसे बुद्धिमान मुसलमान के होते हुए अकबर बादशाह किसी हिन्दू को अपना वजीर बनाये यह बात शोभायमान नहीं हैं।

बेगम के भाई मंत्री बनने की इच्छा लिये अपनी बहन के पास जाकर बीरबल की निंदा करने लगे। बेगम अपने भाई की बात को मना नहीं कर पाई, उन्होंने बादशाह से इस विषय में बात की। किन्तु उन्होंने इस बात पर कोई ध्यान नहीं दिया।

बेगम को लगा कि वह उनकी बात आसानी से नहीं मानेंगे तब उन्होंने एक तरकीब निकाली। रात को जब बादशाह कमरे में आये तो उन्होंने बादशाह से कोई बात नहीं की। बेगम ने आंखों में आँसू भरकर कहा–"यदि आप मेरी प्रसन्नता चाहते हैं तो बीरबल को निकालकर किसी मुसलमान को दीवान बनाएं अन्यथा मैं जहर खाकर अपने प्राण त्याग दूंगी।"

बादशाह घबरा गये और बेगम से बोले–"बिना किसी गलती के बीरबल को निकालना उचित नहीं होगा। कोई तो कारण होना चाहिए कि बीरबल स्वयं ही इस पद को त्याग कर चला जाये।"

काफी सोच-विचार के बाद बेगम ने कहा–"कल सुबह आप नाराज होकर बगीचे में चले जाना और बीरबल से कहना कि बेगम मनाने के लिए आये अन्यथा तुम्हें पद से हटा दिया जायेगा।"

बादशाह ने अगले दिन वैसा ही किया। बीरबल सब बात समझ गये कि फिर से उनकी परीक्षा ली जा रही है।

बीरबल ने बेगम के पास जाकर कहा—"बेगम साहिबा! बादशाह आपसे इसलिए नाराज हैं कि आप उनसे बार-बार गलत कार्य करने के लिए कहती हैं और रुष्ट हो जाती हैं। इसलिए बादशाह आपसे नाराज होकर नई बेगम लाने वाले हैं।" बीरबल ने सोची-समझी तरकीब इस्तेमाल की।

ऐसा कहकर बीरबल तो वहां से वापिस आ गये किन्तु बेगम सोच में पड़ गई कि अकबर बादशाह अवश्य ही नई बेगम लाने की सोच रहे होंगे। अत: वे पालकी में सवार होकर बादशाह के पास पहुंची। जब वे अकबर को मना रही थीं तब बादशाह ने कहा—"शायद बीरबल ने तुम्हें बहका दिया है।"

बेगम ने बादशाह से माफी मांगते हुए कहा—"बादशाह! आप मेरी सभी गलतियों को माफ कर दीजिए। मैं आपको कभी भी शिकायत का मौका नहीं दूंगी किन्तु मेरे होते हुए आप किसी दूसरी औरत को मेरी जगह नहीं दे सकते।"

बेगम की इन बेतुकी बातों को सुनकर बादशाह बीरबल की चाल समझ गये। अकबर बादशाह से बेगम ने बीरबल की कही हुई सारी बातें बताईं। यह सुनकर बादशाह हंसे बिना नहीं रह सके। उन्हें हंसता देख बेगम भी बीरबल की चाल समझ गई कि वह तो सचमुच ही बीरबल के बहकावे में आ गई थी। इस घटना के बाद उन्होंने बीरबल के विरुद्ध बादशाह से कभी भी अपशब्द नहीं कहे।

सबसे बड़ी चीज

बादशाह अकबर पहेलियां पूछने के बहुत शौकीन थे और उनकी पहेलियों का उत्तर केवल बीरबल ही दे पाते थे। इस कारण दरबार के अन्य दरबारी बीरबल से ईर्ष्या करते थे।

एक बार बीरबल के दरबार में उपस्थित न होने पर उनसे ईर्ष्या करने वाले दरबारी बादशाह के कान भरने लगे। बादशाह बीरबल से कुछ अधिक ही प्रेम करते थे, इसलिए उन्हें यह सब अच्छा न लगा। उन्होंने कहा–"बीरबल तुम सबसे ज्यादा चतुर और बुद्धिमान हैं इसलिए तुम उससे ईर्ष्या करते हो।"

सभासद बोले–"बादशाह सलामत! आप बीरबल को हम से ज्यादा मान और प्यार देते हो। आपने एक हिन्दू को ज्यादा ही सिर चढ़ा रखा है।"

सभा समाप्त होने पर उन्होंने चार सभासदों से कहा–"तुम लोग मेरे एक सवाल का उत्तर दो अन्यथा तुम्हें फांसी की सजा दे दी जायेगी।"

यह सुनकर उन चारों ने घबराते हुए बादशाह से प्रश्न पूछा।

बादशाह ने सवाल पूछा–"संसार में सबसे बड़ी चीज क्या है?"

सवाल सुनकर सब चुप हो गये क्योंकि इसका उत्तर मालूम ही नहीं था। फिर सबने बारी-बारी से अपना उत्तर बताया। किसी ने कहा खुदा की खुदाई सबसे बड़ी है। दूसरे ने बादशाह की सल्तनत को सबसे बड़ी चीज बताया। उत्तर सुनकर बादशाह क्रोधित होकर बोले–"सही जवाब दो, नहीं तो फांसी पर लटका दिया जायेगा।"

तीसरे ने घबराकर बादशाह से कुछ दिनों की मोहलत मांगी।

बादशाह ने उन्हें एक सप्ताह का समय दिया।

छः दिन के पश्चात भी जब उन्हें सही उत्तर समझ नहीं आया तो चारों निश्चय करके बीरबल से मदद लेने गये। बीरबल ने पूरी घटना सुनकर कहा–"यदि तुम मेरी एक शर्त मानोगे तब मैं तुम्हें इस प्रश्न का उत्तर दे दूँगा।"

फांसी की सजा से बचने के लिये उन्होंने बीरबल की शर्त मान ली।

बीरबल ने उन चारों से कहा–"मेरी चारपाई को तुम चारों अपने कन्धों पर रखकर सभा महल तक ले चलोगे। एक मेरा हुक्का पकड़ेगा और एक मेरे जूते लेकर चलेगा।"

वैसे तो वे चारों बीरबल की कोई भी बात न मानते, किन्तु मरने के डर से वे सब उसकी हर बात मानने को तैयार थे। फिर उन्होंने वैसा ही किया जैसा बीरबल ने कहा।

जब वे चारों उसे सभा महल लेकर जा रहे थे तब रास्ते में देखने वाले इस दृश्य को देखकर चकित हो गये। उन चारों ने सभा-महल पहुंचकर बीरबल की चारपाई को सभा के मध्य में रख दिया।

बीरबल चारपाई से उतरा और बोला–"जहांपनाह! अब आपको प्रश्न का उत्तर देने की आवश्यकता नहीं, क्योंकि आपको आपके प्रश्न का उत्तर यह दृश्य देखकर मिल गया होगा, कि संसार में सबसे बड़ी चीज 'गर्ज' होती है।"

बीरबल का उत्तर सुनकर अकबर मुस्कराने लगे। बादशाह अकबर उन चारों को सबक सिखाना चाहते थे।

❑

आपका नौकर हूं

बादशाह अकबर और बीरबल जब भी कभी दरबार में अकेले होते तो उनके बीच बहस हो जाया करती थी।

एक दिन की बात है, बादशाह बैंगन की सब्जी की बहुत तारीफ कर रहे थे। बादशाह के मन में विचार आया कि वह देखें बीरबल अपनी बात को कितना निभाते हैं क्योंकि बादशाह जब भी बैंगन की तारीफ में कुछ कहते तो बीरबल उनकी हां में हां मिलाते जाते और बढ़-चढ़ कर बोलते।

बीरबल की परीक्षा लेने के उद्देश्य से उन्होंने बीरबल के सामने बैंगन की बुराई करनी शुरू कर दी। अब बीरबल भी बैंगन की बुराई करने में उनका साथ देते।

बीरबल को ऐसा करते देख बादशाह ने बीरबल से हैरान होकर कहा–"बीरबल, तुम्हारी बात पर भरोसा नहीं किया जा सकता क्योंकि तुम कभी तो बैंगन की बुराई करने लगते हो और कभी उसकी तारीफ करने लगते हो। हम बुराई करते हैं तो तुम भी बुराई करते हो। हम अच्छा बताते हैं तो तुम भी इसे अच्छा बताने लगते हो। आखिर तुम ऐसा क्यों कर रहे हो?"

बीरबल मुस्कराते हुए नम्रतापूर्वक बादशाह से बोला–"जहांपनाह। नौकर तो मैं आपका हूँ, बैंगन का नहीं।"

कंजूस के साथ चालाकी

दिल्ली शहर में एक बहुत ही कंजूस व्यक्ति रहता था। उसके पास धन-दौलत, जवाहरात की कोई कमी नहीं थी फिर भी वह भोजन भी कंजूसी में ही करता था। इतना धनवान होते हुए भी उसे देखकर लगता था कि इससे ज्यादा निर्धन व्यक्ति कोई दूसरा होगा ही नहीं। एक टूटी-फूटी संदूकची में वह अपना धन और जवाहरात रखता था।

एक बार उसकी झोंपड़ी में आग लग गई। आग को जितनी कोशिश बुझाने के लिए करते वो और भी ज्यादा भड़क जाती। उसको रोते-चिल्लाते देख एक सुनार उसे डांटने लगा कि एक झोंपड़ी के जलने पर इतना क्यों रो रहा है।

कंजूस बोला-"इस झोंपड़ी में जवाहरात जल रहे हैं, मैं तो उन्हें देखकर रो रहा हूं।"

सुनार के पूछने पर कि जवाहरात कहां रखे हैं। कंजूस ने संदूकची के बारे में बता दिया। इस शर्त पर कि थोड़े-बहुत जवाहरात उस कंजूस को देकर बाकी सारी संदूकची वही रखेगा। वह सुनार उस संदूकची को निकाल लाया और कंजूस को खाली संदूकची दे दी।

यह देख कंजूस बहुत रोया-गिड़गिड़ाया, किन्तु सुनार ने उसकी एक न सुनी। उन दोनों में बहस बढ़ती चली गई।

कंजूस अपनी फरियाद लेकर बादशाह के दरबार में पहुंचा। बीरबल को इस समस्या का समाधान करने के लिए कहा गया।

बीरबल के पूछने पर सुनार ने कहा-"आलीजहां। हमारे बीच पहले ही यह शर्त तय हो चुकी थी, कि मैं इसे जो दूंगा, वह वस्तु

ये रख लेगा।"

बीरबल ने कंजूस से कहा–"तुम्हारे बीच शर्त तय हो चुकी थी। अब तुम्हें सुनार की बात माननी पड़ेगी।"

सुनार बोला–"आलीजहां। सुनार मुझे खाली संदूकची दे रहा है और मेरी मेहनत की कमाई खुद रख रहा है। भला ऐसा कैसे हो सकता है?"

बीरबल के पूछने पर सुनार ने कहा–"तुझे जवाहरात पसंद हैं।"

बीरबल बोले–"तुम्हें बात इतनी ज्यादा नहीं बढ़ानी चाहिए थी। जवाहरात इसे दे दो और संदूकची तुम रख लो।"

सुनार सुनकर चुप रह गया।

बीरबल ने कहा–"तुम्हारी ही शर्त थी कि जो तुम्हें पंसद आयेगा वह तुम कंजूस को दे दोगे। इस तरह जवाहरात कंजूस के हुए।"

सुनार ने सोचा कि ज्यादा चालाकी करने पर उसे दण्ड भी दिया जा सकता है। अत: उसने संदूकची स्वयं रख ली और सारे जवाहरात कंजूस को दे दिये।

❐

उल्टे पांव

बादशाह अकबर का भेष बदलकर सारे राज्य की प्रजा के सुख और दुख के बारे में पता लगाने के लिए राज्य में घूमा करते थे। वह देखना चाहते थे कि प्रजा सुखी है या दुखी। एक बार जब वह घूमते-घूमते बीरबल के घर के पास पहुंचे तब उन्होंने बीरबल के घरवालों की परीक्षा लेने के बारे में सोचा, क्योंकि बीरबल तो फारस के बादशाह के बुलावे पर फारस गये हुए थे।

उस समय बीरबल के घर में उनकी पत्नी, पुत्र और पुत्री ही थे। बादशाह बीरबल के घर पहुंचकर रंग जमाना ही चाहते थे कि बीरबल का पुत्र बोल पड़ा–"वे आये हैं।"

पुत्री बोली–"वह तो नहीं हैं।"

बीरबल की पत्नी जो दोनों बच्चों की बातें सुन रही थी, अन्दर से बोली–"वह होते और नहीं भी होते।"

बादशाह यह समझ ही नहीं पाये कि वे तीनों क्या बातें कर रहे हैं। उन्होंने इस बात का अर्थ जानने की कोशिश की किन्तु कोई भी उन्हें इन तीनों बातों का अर्थ बता नहीं पाया।

दो दिन के बाद बीरबल के लौटने पर बादशाह ने उनसे उन तीनों बातों का अर्थ पूछा।

बीरबल ने उत्तर दिया–"जहांपनाह। लगता है कि आप किसी परिचित के घर में यह जानते हुए भी गये कि उस घर का मुखिया घर में नहीं है। ऐसी बातें तो घर वाले तभी करते हैं। पहली बात 'वे आये' का मतलब होता है कि बैल आये। दूसरी बात 'वह तो नहीं हैं' का मतलब है कि उसके सींग तो नहीं हैं, और तीसरी बात 'वह होते और नहीं भी होते' का अर्थ है कि किसी बैल के सींग होते

हैं और किसी के नहीं भी होते हैं। इन तीनों बातों से पता चलता है कि यदि किसी के घर में उसका गृहस्वामी न हो तो उसे उसके घर में बिल्कुल भी नहीं जाना चाहिए, फिर भी यदि कोई न माने और जबरदस्ती करे तो उसे ऐसी बातें सुनकर समझ जाना चाहिए।"

यह सुनकर बादशाह चुप हो गये, किन्तु उन्होंने अपनी शर्मिंदगी को प्रकट नहीं होने दिया और मन ही मन बीरबल और उसके घरवालों की बुद्धिमानी की प्रशंसा की।

बैल का दूध

एक दिन बादशाह अकबर को बैल के दूध की आवश्यकता हुई। उन्होंने बीरबल से दूध लाने को कहा। पहले तो बीरबल ने सोचा कि बादशाह उसकी परीक्षा ले रहे हैं किन्तु बाद में बोला–"महाराज। बैल का दूध लाने का मैं भरसक प्रयत्न करूंगा, किन्तु इसमें पांच-छः दिन लग जायेंगे।"

बादशाह ने कहा–"तुम चिंता मत करो। छः दिन की जगह तुम आठ दिन क्यों न लगा दो, किन्तु दूध बैल का ही होना चाहिए। मुझे एक दवा लेनी है जिसे डॉक्टर ने बैल के दूध के साथ खाने के लिए कहा है।"

बीरबल ने घर आकर अपनी लड़की को सारी बात बताई और उसे बहुत-सी बातें समझाकर कहा कि कल आधी रात में तुम महल के नीचे घाट पर कपड़े पीटना। जहांपनाह के अलावा किसी और को कुछ मत बताना।

अगले दिन आधी रात में बीरबल की लड़की ने वैसा ही किया। 'फट-फट' की आवाज सुनकर बादशाह की नींद टूट गई और क्रोधित होकर उन्होंने सिपाही को आदेश दिया कि शोर करने वाले को पकड़कर लाया जाये।

सिपाही ने उस लड़की से दरबार में चलने के लिए कहा किन्तु उसने सिपाही की बात नहीं सुनी और अपना कार्य पहले की तरह करती रही।

सिपाही ने लड़की से कहा–"तुमने बादशाह की नींद खराब की है और अब उनकी आज्ञा भी नहीं मान रही हो। मेरे साथ दरबार में चलो, नहीं तो तुम्हें दण्ड दिया जायेगा।"

लड़की तो ऐसा ही चाहती थी, वह सिपाही के साथ चली गई। पहले तो बादशाह इतनी सुन्दर लड़की को देखकर आश्चर्य से भर गये किन्तु फिर क्रोधित होकर उन्होंने उससे इतनी रात में कपड़े धोने का कारण पूछा।

लड़की ने घबराते हुए कहा–"जहांपनाह। मैं मजबूरी में इतनी देर से आई।" वह बादशाह के क्रोधपूर्ण चेहरे को देखकर इतना ही कह सकी। बादशाह ने उससे शांत स्वभाव में कहा–"यदि तुम सच बोलोगी तो हम तुम्हें दण्ड नहीं देंगे।"

यह सुन लड़की ने कहा–"आज सुबह मेरे पिता के पुत्र हुआ है। सारा दिन तो काम में समय ही नहीं मिला। फिर आराम कर ही रही थी तो मुझे कपड़े धोने का ख्याल आया। घर में पानी नहीं था, इसलिए मैं यहां कपड़े धोने आ गयी।"

लड़की की बात सुनकर बादशाह बोले–"तुम्हें पता है कि तुम क्या कह रही हो? कभी पुरुष के भी पुत्र उत्पन्न होते हैं।"

लड़की ने अवसर मिलते ही कहा–"जैसे बैल का दूध मिलना असम्भव नहीं है, वैसे ही पुरुष का बच्चा होना सम्भव नहीं हो सकता।"

राजा अपनी बात याद करते हुए बोले–"तुम बीरबल की पुत्री हो।"

लड़की को चुप देखकर वो समझ गये कि यह काम बीरबल का ही हो सकता है। फिर उन्होंने लड़की से पूछा–"ऐसा करने के लिए तुमसे किसने कहा?"

"जी, पिताजी ने।" लड़की बोली। बादशाह लड़की की बात सुनकर मुस्करा दिये और फिर उसे बहुत-सा धन देकर पालकी में बैठाकर रात को ही उसके घर भेज दिया और मन ही मन बीरबल की बुद्धिमानी पर हंसने लगे।

❐

और वह देव

एक बार बादशाह ने बीरबल को परेशान करने की सोची। उन्होंने एक आला ऐसा बनवाया जिसमें जो भी हाथ डालता उसका हाथ फंस जाता था। जिस कमरे में वह आला था वह कमरा बादशाह के कमरे से जुड़ा हुआ था और बिल्कुल वैसा ही था जैसा बादशाह का कमरा। बादशाह ने उस आले में एक सेब रखवा दिया।

बीरबल के आने पर उन्होंने बीरबल को आदेश दिया कि बराबर वाले कमरे में जाकर सेब ले आओ।

बीरबल ने जैसे ही सेब उठाने के लिए उसमें हाथ डाला, बीरबल का हाथ फंस गया। बीरबल ने जब दूसरा हाथ पहले हाथ को छुड़ाने के लिए बढ़ाया तो वह भी फंस गया। थोड़ी देर बाद बादशाह आये और उन्होंने बीरबल के हाथ छुड़ा दिये।

बीरबल भी चुप रहने वाले नहीं थे। उन्होंने एक उपाय सोचा। तीर्थयात्रा पर जाने का बहाना बनाकर उन्होंने बादशाह से छुट्टी ले ली और घर पर गुप्तरूप से रहने लगे। फिर कपड़ों को रंगकर साधु का भेष बना दरबार की खबर लेते रहे।

बादशाह जब शिकार खेलने जंगल में गये तब बीरबल भी साधू के भेष में वहीं चल दिये। बादशाह जंगल में रास्ता भटक गये। शाम होने वाली थी। थोडी देर बाद एक भयानक दैत्य उन्हें अपनी ओर आता हुआ दिखाई दिया।

दैत्य उनके पास आकर बोला कि अपने राज्य की प्रजा को परेशान करता है, मैं तुझे नहीं छोड़ूंगा।

बादशाह ने घबराकर कहा–"इस बार मुझे छोड़ दो। मैं अब कभी कोई अत्याचार नहीं करूंगा।"

तब दैत्य बोला–"ठीक है, मैंने तुझे माफ किया। अब तू मेरा जूता अपने सर पर रखकर सीधा महल चला जा।"

बादशाह बड़ी मुश्किल से महल आये और दरबार का काम भली प्रकार करने लगे किन्तु वे दैत्य की बातें भुला नहीं पाये।

बीरबल के तीर्थयात्रा से लौटने पर बादशाह ने बीरबल की कुशलता पूछी और फिर वही बात कही–"क्यों बीरबल। याद है आले का सेब।"

दरबारियों की समझ में कुछ नहीं आया। बीरबल भी कम नहीं थे। वे भी बोले–"और वह देव।"

बादशाह शर्मिंदा होकर चुप हो गये, किन्तु दैत्य का रहस्य और बीरबल की चतुराई दोनों ही बातें समझ गये।

❐

हाथी का पांव

एक बार बादशाह अकबर और बीरबल के बीच किसी बात पर झगड़ा हो गया। बीरबल गुस्से में रूठकर पास के गांव में जाकर रहने लगा। वहां उसने अपना नाम भी बदल लिया। उस गांव का मुखिया बहुत ही दयालु व्यक्ति था।

बादशाह अकबर ने बीरबल के जाने के बाद न चाहते हुए भी अपनी बेगम की खुशी के लिए, साले साहब को बीरबल का पद दे दिया। कुछ दिनों बाद ही वहां अव्यवस्था फैल गई। झगड़े होने लगे। किसी को न्याय नहीं मिल पाता था। समस्याएं दिन-प्रतिदिन बढ़ने लगीं।

बादशाह अकबर ने अपने साले की बुद्धिमानी की परीक्षा लेने की सोची। वह उनके साथ पीर साहब की दरगाह पर गये। लौटते समय बादशाह को धूल में हाथी का पांव दिखाई दिया।

अकबर दीवान से यह कहकर कि वो तीन दिन तक इस चिह्न की रक्षा करें, महल में चले गये।

तीन दिन तक भूखे-प्यासे चिह्न की रक्षा करने से दीवान बहुत कमजोर हो गया। चौथे दिन वह अकबर के पास गया और जाकर चिह्न की रक्षा का वृतान्त सुनाया जिसे सुनकर बादशाह प्रसन्न हो गये।

एक दिन बादशाह ने बीरबल को खोजने के लिए प्रत्येक गांव में मुनादी करवा दी, कि दिल्ली के सरकारी कुएं का झगड़ा है। सभी अपने गांव के कुएं को लेकर आएं, जो नहीं आएगा उसे दस हजार रुपये जुर्माना देना पड़ेगा।

बादशाह का संदेश उस गांव के मुखिया ने भी सुना। जहां बीरबल रहता था। मुखिया ने सोचा, बादशाह तो बड़ा मूर्ख है। कुएं

भला कैसे जा सकते हैं।

बीरबल यह सुनते ही समझ गया कि बादशाह ने यह सब उसे ढूंढ़ने के लिए किया है। अतः वह मुखिया से बोला–"आप चिन्ता न करें। तरकीब मैं बताता हूं। आप मुझे और दो-चार आदमियों को लेकर दिल्ली चलो। वहां पहुंचकर हम बादशाह के पास कहलवा देंगे कि हम अपने कुएं ले आये हैं, अब आप अपने कुओं को अगवानी के लिए भेज दो। बिना अगवानी के हमारे कुएं आपके शहर में नहीं आयेंगे।"

गांव के मुखिया ने वैसा ही किया। मुखिया की बात सुनते ही बादशाह समझ गये कि यह तो बीरबल ही कर सकता है और बादशाह ने उससे पूछा–"तुम्हें ऐसा करने के लिए किसने बताया है?"

मुखिया बोला–"एक व्यक्ति कुछ समय पहले हमारे गांव में आकर रहा, उसी ने बताया। इस समय वह हमारे साथ है।"

हुलिया पूछने पर बादशाह को यकीन हो गया कि वह बीरबल ही है।

बादशाह ने बीरबल को बड़े सम्मान के साथ महल में बुलाया और उन्हें उनके पद पर नियुक्त कर दिया। बीरबल के आते ही सभी समस्यायें समाप्त हो गयीं।

एक दिन बादशाह नगर से बाहर गये तो उन्हें फिर से हाथी का पैर धूल में छपा हुआ दिखाई दिया। उन्होंने बीरबल को उसकी रक्षा करने का आदेश दिया। बीरबल आदेश का पालन करने के लिए वहीं ठहर गये। उस जगह उन्होंने लोहे की खूंटी लगवाई। फिर एक लम्बी रस्सी खूंटी से बांधकर वहाँ रहने वालों से कहा कि इस चिह्न की रक्षा के लिए तुम्हारे मकान तोड़े जायेंगे। सबने बीरबल को मनाने के लिए रुपये दिये।

इस प्रकार बीरबल के पास एक लाख रुपये एकत्र हो गये। बीरबल ने वह रुपये राजकोष में जमा करके उन रुपयों की रसीद बनवा ली। फिर वे महल चले गये।

बादशाह ने जब चिह्न की रक्षा के बारे में पूछा तो बीरबल ने

उन्हें वो रसीद दिखा दी।

बादशाह की समझ में कुछ नहीं आया। पूछने पर बीरबल ने कहा–"उस चिह्न की रक्षा में मुझे यह रुपये प्राप्त हुए हैं।" बादशाह और दरबारियों को बड़ा आश्चर्य हुआ। बादशाह ने अपने साले को बुलाकर कहा–"तुमने तीन दिन तक भूखे रह कर उस चिह्न की रक्षा की और कुछ भी प्राप्त नहीं कर पाये। किन्तु बीरबल ने कोई प्रयास किये बिना ही एक लाख रुपये एक दिन में कमा कर दिखा दिये। अब समझे कि तुम इस दीवान पद के योग्य हो या नहीं।"

यह सुनकर बादशाह का साला शर्मिन्दा होकर वहाँ से चला गया।

❐

किसके पाँव सुन्दर

एक दिन बादशाह अकबर अपनी बेगम के साथ बगीचे में झूला झूल रहे थे, उस समय बादशाह ने जूते पहने हुए थे और बेगम नंगे पांव थीं। बेगम ने बादशाह से कहा–"बादशाह! मेरे पांव आपके पाँव की अपेक्षा बहुत खूबसूरत हैं।"

बादशाह ने जब यह बात मानने से इन्कार कर दिया तो उन दोनों के बीच झगड़ा बढ़ गया। जिसकी आवाज सुनकर सारी नौकरानियां वहां आ गईं। बेगम ने अपने और बादशाह के पैरों को दिखाते हुए नौकरानियों से पूछा कि किसके पैर ज्यादा सुन्दर हैं?

नौकरानियां यह सुनकर परेशान हो गईं और कुछ बोल नहीं पाईं। तभी किसी काम के लिए बीरबल वहां आ गये। बेगम ने बीरबल से भी वही प्रश्न किया।

बीरबल बोले–"बेगम साहिबा! वैसे तो आपके पैर सुन्दर हैं, किन्तु बादशाह के पैर भी तो सुन्दर ही हैं क्योंकि अगर इनके पैर न होते तो आपके पैर कैसे आते।"

बादशाह बीरबल की चालाकी समझ गये। बेगम साहिबा बीरबल के उत्तर से प्रसन्न थीं। बादशाह ने नौकर से पुरस्कार में सौ जोड़े लाने के लिए कहा और उसे इशारे से यह भी समझा दिया कि वह वहीं खड़ा रहे।

बीरबल को अवसर मिल गया। उसने बादशाह से कहा कि शायद आपका नौकर देने की नीयत नहीं रखता, नहीं तो यह इस तरह आज्ञा का उल्लंघन नहीं करता।

इतना सुनते ही बादशाह क्रोधित हो गये और बोले–"बीरबल, तुम ठीक से बात नहीं कर सकते।"

बीरबल नम्रता से बोला–"जहांपनाह! मैंने कोई बेअदबी नहीं की है।"

"तुम मेरे मुँह पर जूते देने की बात कर रहे हो और कहते हो कि कैसी बेअदबी।" बादशाह क्रोध में बोले।

बीरबल ने नम्र स्वर में पूछा–"आपने मुझे कैसे जोड़े देने को कहा है?"

"मैंने तो सौ कपड़े के जोड़े कहे हैं, तुमने जूते का अर्थ कैसे लगा लिया।"

बीरबल ने कहा–"जहांपनाह! जूते का अर्थ तो आपने ही लगाया। आपने नौकर से जोड़े देने को कहा और मैंने नौकर को देने के लिए स्वीकार करना बताया। आपके मुंह पर का मतलब था आपके सम्मुख।"

बादशाह ने अपनी बात बदल दी, बीरबल ने उनके साथ वैसा ही किया। इसलिए बादशाह ने चुप रहना ही सही समझा।

चाल की काट चाल

रामदास और मोतीचन्द गहरे मित्र थे। एक दिन रामदास अपना सारा सामान मोतीचन्द को सौंपकर सपरिवार शहर से बाहर चला गया। लगभग तीन वर्ष बाद रामदास यात्रा से लौटा। वहाँ से वापिस आकर उसने देखा कि उसका घर खुला हुआ है और घर का सारा सामान भी गायब है।

यह देख रामदास मोतीचन्द से इस बारे में पूछने उसके घर गया। किन्तु वहां तो मोतीचन्द के हावभाव ही बदले हुए थे। उसने रामदास से ठीक प्रकार बात भी नहीं की।

रामदास ने अपना सामान मांगा तो मोतीचन्द ने साफ-साफ कह दिया कि तुमने तो यहां कोई सामान नहीं रखा फिर क्या मांगने आये हो?

रामदास ने पहले तो सोचा कि मोतीचन्द उससे मजाक कर रहा है, किन्तु बार-बार करने पर भी जब उसने सामान नहीं दिया बल्कि क्रोधित होकर उससे कहा कि यदि वो ज़्यादा बात बढ़ायेगा तो उसे धक्के मारकर वह अपने घर से निकाल देगा। यह सुनकर रामदास को यकीन हो गया कि वह उसका सारा सामान रख लेना चाहता है। अब वह बेईमान बन रहा है।

रामदास ने मोतीचन्द से अनुनय-विनय भी की और उसके सामने गिड़गिड़ाया भी किन्तु मोतीचन्द का हृदय नहीं पिघला।

रामदास कर भी क्या सकता था क्योंकि उसके पास न तो गवाह था और न ही कोई लिखित प्रमाण ही था। अत: वह मुंह लटकाकर दु:खी मन से घर वापस आ गया।

रामदास की मित्रता बीरबल से भी थी। इसलिए उसने अपनी समस्या का समाधान बीरबल से पूछा।

बीरबल ने रामदास से चार दिन बाद आने के लिए कहा।

बीरबल के बुलाने पर मोतीचन्द घबराता हुआ दरबार में पहुंचा। उसे लगा कि रामदास की बात सुनकर उसे वहां बुलाया गया है किन्तु वह निश्‍िंचत भी था क्योंकि रामदास के पास कोई रसीद तो थी ही नहीं।

वहां पहुंचने पर बीरबल ने उससे प्रेमपूर्वक बातें कीं। मोतीचन्द को विश्‍वास हो गया कि रामदास ने इनसे कुछ नहीं बताया है।

बीरबल ने मोतीचन्द को बातों में उलझाकर कहा–"मोतीचन्द, बादशाह ने मुझे छोटी-छोटी समस्याओं का हल करने वाला एक नया न्यायालय खोलने का हुक्म दिया है और मैं तुम्हें उस न्यायालय का न्यायाधीश बनाना चाहता हूं। तुम क्या चाहते हो?"

न्यायाधीश बनने की बात सुनकर मोतीचन्द बहुत प्रसन्न हुआ। बीरबल ने उसे घर जाने के लिए कहा और यह भी कहा कि वह उसके बारे में अकबर से बात करेंगे।

मोतीचन्द के जाने के बाद बीरबल ने रामदास को बुलाकर कहा कि वह मोतीचन्द के पास जाकर उससे एक बार फिर अपनी सम्पत्ति मांगे।

रामदास ने वैसा ही किया, किन्तु मोतीचन्द ने पहले की तरह ही उसे साफ मना कर दिया। फिर रामदास बोला–"मोतीचन्द, यदि तुम मेरी बात नहीं मानोगे तो मैं दीवान जी से शिकायत करूंगा।"

इतना सुनते ही मोतीचन्द ने रामदास से कहा–"भाई, मैं तो तुमसे मजाक कर रहा था। मैं तुम्हारी हिम्मत देखना चाहता था। तुम अपनी धन-सम्पत्ति लेकर खुशी-खुशी अपने घर जाओ।"

मोतीचन्द जानता था कि यदि रामदास ने उसकी शिकायत बीरबल से की तो उसकी बड़ी हानि हो जायेगी अत: उसने रामदास का सारा सामान लौटा दिया।

उधर बीरबल ने जब मोतीचन्द के पास दस-बारह दिन तक भी कोई खबर नहीं भिजवाई तो मोतीचन्द ने स्वयं जाकर पूछा। बीरबल बोले–"मैं किसी बेईमान को न्यायाधीश कैसे बना सकता हूं?"

यह सुनकर मोतीचन्द अपना-सा मुंह लेकर घर लौट आया।

मनहूस कौन

देवीदास नाम का एक व्यक्ति दिल्ली में निवास करता था, किन्तु वहां के सभी लोग उसे मनहूस समझते थे। उसके बारे में यह बात प्रचलित हो गई थी कि यदि किसी को उसका चेहरा सुबह दिख जाए तो उसका सारा कार्य बेकार ही होता चला जाता है।

बादशाह अकबर ने यह सुनकर देवीदास को महल में बुलाया और उसकी आवभगत करके विश्राम गृह में भिजवा दिया। क्योंकि वह सत्य की परख करना चाहते थे। अगले दिन प्रातःकाल में अकबर ने देवीदास का चेहरा देखकर दैनिक कार्यों को सम्पन्न किया और फिर दरबार के राज-काज में लग गये। देवीदास अपने घर चला गया।

बादशाह को भी उस दिन भोजन प्राप्त नहीं हो सका और उन्होंने रात्रि में ही भोजन किया। ऐसा होने पर बादशाह को भी यकीन हो गया कि वह मनहूस है। अतः उन्होंने देवीदास को फांसी पर लटकाने का हुक्म दे दिया। जिस समय बीरबल को देवीदास के बारे में पता चला तो उन्होंने देवीदास को न्याय दिलवाने की ठानी।

बीरबल देवीदास के पास गया और उसके कान में कुछ कहा। जब जल्लादों ने देवीदास को फांसी लगाने से पहले उसकी अन्तिम इच्छा पूछी तो देवीदास ने चौक पर सार्वजनिक रूप से कुछ कहने की बात कही। अकबर को जब इस बारे में पता चला कि वह कुछ कहना चाहता है। तो अकबर ने देवदास से कहा—"अवश्य ही तुम्हारी इच्छा पूरी होगी, किन्तु तुम कहना क्या चाहते हो?"

देवीदास बोला—"मैं तो ये कहना चाहता हूं कि मेरा चेहरा देखने पर तो भोजन ही प्राप्त नहीं होता है, किन्तु बादशाह का चेहरा देखने पर मृत्यु प्राप्त होती है क्योंकि मैंने आज प्रातःकाल उन्हीं का चेहरा देखा था।"

अकबर तुरन्त ही समझ गये कि यह तरकीब बीरबल ने ही निकाली होगी, अतः उन्होंने देवीदास को दण्डमुक्त कर दिया। ❑

अकबर की पहेली

यह बात सभी जानते हैं कि अकबर की पहेलियां इतनी कठिन होती हैं कि उनका उत्तर सिर्फ बीरबल ही दे पाते थे। किन्तु एक बार उन्होंने एक ऐसी पहेली का उत्तर ढूंढ़ने के लिए कुछ दिन की मोहलत मांगी। उन्हें बादशाह ने आज्ञा दे दी।

पहेली इस प्रकार थी–

"ऊपर ढक्कन नीचे ढक्कन मध्य-मध्य खरबूजा।
मौं छुरि से काटे आपहिं अर्थ वासु नहीं दूजा।"

एक सप्ताह का समय लेकर बीरबल पहेली हल खोजने चल पड़े। थकान होने पर विश्राम करने के लिए जिस कुटिया में गया उसमें एक लड़की भोजन बना रही है। बीरबल के पूछने पर उसने बताया कि माँ को जलाकर बेटी पका रही हूँ।

बीरबल ने उसके माता-पिता के बारे में पूछा तो उसने कहा–"माँ एक को दो कर रही है और पिताजी मिट्टी को मिट्टी में मिलाने गये हैं।"

बीरबल समझ गया कि लड़की बहुत चतुर है। थोड़ी ही देर में उसके माता-पिता भी आ गये। उन्होंने बीरबल से उनके आने का उद्देश्य पूछा तो बीरबल ने सब कुछ बता दिया और साथ ही लड़की द्वारा कहे गये शब्दों का अर्थ भी पूछा।

लड़की का पिता हंसते हुए बोला–"आपके पहले सवाल का उत्तर है कि अरहर की दाल को उसी की लकड़ियां जलाकर पका रही हूँ, और तीसरा मैं किसी का क्रिया कर्म करने गया हूँ।"

बीरबल को उसकी बुद्धिमत्ता पर बड़ा आश्चर्य हुआ। उसने उस लड़की से अपनी पहेली का अर्थ पूछा तो लड़की बोली–"यह

धरती और आकाश दो ढक्कन हैं और हम मानव उन खरबूजों की तरह हैं जो इनके मध्य रहते हैं। अपना समय पूरा होने पर हमें मृत्यु प्राप्त होती है।"

वापिस आकर बीरबल ने पहेली का अर्थ बादशाह को बताया। अर्थ सुनकर बादशाह बहुत खुश हुए और बीरबल को बहुत सारा इनाम दिया। बीरबल ने वह इनाम उसकी असली हकदार उस लड़की को दे दिया।

अकबर के पांच प्रश्न

बादशाह अकबर अच्छे शासक होने के साथ-साथ अच्छे इंसान भी थे। वह बहुत ही विनोद स्वभाव के थे और उनका यह स्वभाव सभी को प्रिय था।

एक दिन बीरबल दरबार में उपस्थित नहीं थे। बादशाह अकबर को दरबार में बैठे हुए अचानक जाने क्या सूझी कि वे दरबारियों से बोले–"मैं तुमसे पांच प्रश्न पूछता हूँ। मैं यह देखना चाहता हूँ कि तुम सब कितने बुद्धिमान हो?"

बादशाह ने दरबारियों से पूछा–"कौनसा फूल सबसे अच्छा होता है? कौनसा पत्ता सबसे अच्छा है। किसका दूध सबसे अधिक लाभकारी है? सबसे ज्यादा मिठास किस चीज में है? और सबसे अच्छा राजा कौन है?"

प्रश्न सुनकर, वहां उपस्थित सभी दरबारियों ने अपनी-अपनी समझ से उत्तर दिया। सभी के उत्तर एक-दूसरे से भिन्न थे। लेकिन पांचवें सवाल का उत्तर सभी ने समान ही बताया। सभी ने बादशाह को ही सर्वश्रेष्ठ राजा बताया।

कुछ समय पश्चात बीरबल के उपस्थित होने पर बादशाह ने उनसे भी वही पांचों सवाल पूछे। सवाल सुनकर बादशाह की ओर देखते हुए बीरबल मुस्कराये।

बीरबल बोले–" बादशाह! इसका उत्तर तो बहुत ही सरल और स्पष्ट है। कपास का फूल सबसे अच्छा होता है, क्योंकि उससे हमें तन ढकने के लिए कपड़ा प्राप्त होता है। सबसे अच्छा पत्ता पान का है क्योंकि उससे हम दुश्मनों को भी अपना दोस्त बना सकते हैं। मां का दूध सबसे उत्तम होता है क्योंकि इससे शिशु का भरण-पोषण

होता है। मीठे शब्द बोलने वाले की इस दुनिया में इज्जत की जाती है, आदर-सम्मान होता है इसलिए सबसे अच्छी मिठास वाणी की है। राजाओं में सबसे अच्छा राजा इन्द्रदेव हैं जिनके आदेश पर यह दुनिया चल रही है।"

बादशाह अकबर अपने पांचों सवालों के उत्तर सुनकर बहुत प्रसन्न हुए और बीरबल की बुद्धिमत्ता की प्रशंसा किये बिना नहीं रह सके।

सिर के बाल मुंडवा दूंगा

एक बहुत ही विद्वान पंडित दिल्ली में रहते थे। बादशाह अकबर के दरबार में उनका बहुत सम्मान किया जाता था। पंडित जी कभी कोई ऐसा कार्य नहीं करते थे जिससे बाद में उन्हें निराश होना पड़े।

इसी प्रकार उनके मुख से यदि कोई वचन निकल जाते तो वे उन वचनों का पूर्ण रूप से पालन करते थे।

एक दिन पंडित जी के भोजन करते समय भोजन में बाल निकल गया। उन्होंने क्रोधित होते हुए अपनी पत्नी से कहा कि यदि फिर से उनके भोजन में बाल आया तो वह उनके सभी बाल मुंडवा देंगे।

कुछ दिनों के बाद फिर से उनके खाने में बाल निकल आया। उन्होंने नाई को बुलवा लिया। यह बात उनके सालों तक पहुंच गई। उन्होंने पंडित जी को बहुत समझाया किन्तु वे नहीं माने।

अन्त में उनकी पत्नी के भाई समाधान पूछने बीरबल के पास पहुँचे।

बीरबल को जब पूरी बात का पता चला तब उन्होंने उन भाइयों का सर मुंडवाकर वहां भेजा और वहां पाखंड रचने के लिए कहा।

पंडित जी उन्हें देखकर कुछ समझ नहीं पाये।

फिर वे चारों पंडित जी को जबरदस्ती बांधकर बीरबल के पास ले गये। बीरबल ने क्रिया-कर्म का सारा सामान एकत्रित कर लिया था।

जिस समय यह सब हो रहा था, उस समय वहां काफी भीड़ इकट्ठी हो गई। सभी जानने को उत्सुक थे कि यह क्या हो रहा है।

अपनी इस दुर्दशा पर पंडित जी बहुत लज्जित हो रहे थे।

पंडित जी की पत्नी से यह सब देखा न गया और वह बाहर आकर बीरबल से पंडित जी की रिहाई के लिए प्रार्थना करने लगी।

पंडित जी की अक्ल ठीक हो चुकी थी, अत: वह अपनी करनी पर बहुत शर्मिंदा हुए।

बीरबल तो यही समझाना चाहते थे कि जब तक पति जीवित है, तब तक स्त्री का मुंडन नहीं हो सकता। अत: उन्होंने पंडित जी की स्त्री द्वारा मांफी मागने पर उन्हें माफ कर दिया और सकुशल घर भेज दिया।

बीरबल और तानसेन का विवाद

एक बार तानसेन और बीरबल बात कर रहे थे कि उन दोनों के बीच किसी बात पर विवाद उत्पन्न हो गया। बहुत देर तक जब समस्या का हल न निकला तब वह दोनों ही बादशाह के दरबार में गये। बादशाह को जितना प्रिय बीरबल था उतना ही प्रिय तानसेन भी था। दोनों ही उनके लिए रत्न समान थे। वे किसी को भी नाराज होते हुए नहीं देख सकते थे, अत: उन्होंने सोचा कि इस विवाद का फैसला किसी और से कराया जाये।

यह सुनकर बीरबल बोला–"बादशाह! क्या आप बता सकते हैं कि इस बात का निर्णय कौन करेगा?"

बादशाह अकबर ने उनसे महाराणा प्रताप से मिलने की सलाह दी। अकबर की सलाह पर तानसेन और बीरबल महाराणा प्रताप के पास जाकर अपने-अपने पक्ष की बात बताने लगे। दोनों की बातें सुनकर महाराणा प्रताप कुछ सोच ही रहे थे कि तानसेन ने महाराणा प्रताप को मुग्ध करने के लिए मधुर रागिनी सुनानी शुरू कर दी। महाराणा प्रताप रागिनी सुनकर मदहोश होने लगे।

बीरबल ने देखा कि महाराणा प्रताप तो मुग्ध हो रहे हैं, कहीं ये फैसला तानसेन के पक्ष में न दे दें तभी बीरबल बोला–"महाराणा जी, मैं आपको सच्ची बात बताता हूँ। जब मैं और तानसेन आपके पास आ रहे थे तो मैंने पुष्कर जी में जाकर प्रार्थना की कि मेरा पक्ष सही होगा तो मैं सौ गाय दान करूंगा और तानसेन जी ने मन्नत मांगी कि यदि उनका पक्ष सही होगा तो वह सौ गायों की बलि देंगे। महाराणा जी सौ गायों का जीवन आपके हाथ में है।"

सौ गायों की हत्या के बारे में सुनकर महाराणा जी आश्चर्य चकित रह गये, उन्होंने फैसला बीरबल के पक्ष में कर दिया।

बादशाह अकबर यह बात सुनकर हंसे बिना न रह सके।

❒

पाप की सजा

एक व्यापारी की पत्नी बहुत ही खूबसूरत थी। एक बार उन्हें कहीं जाने के लिए पैदल ही यात्रा करनी पड़ी। रास्ते में एक किसान अपनी बैलगाड़ी लिये हुए जा रहा था। किसान ने व्यापारी की पत्नी को देखकर उसे अपनी बैलगाड़ी में बैठा लिया। व्यापारी पैदल चल रहा था।

किसान के मन में तो पाप जागृत हो चुका था, अतः उसने बैलगाड़ी को तेजी से भगा लिया। व्यापारी चिल्लाकर कहने लगा कि मेरी पत्नी को कहां ले जा रहे हो?

किसान के न रुकने पर व्यापारी उसके पीछे भागने लगा। थोड़ी दूरी पर जाने के बाद किसान ने व्यापारी की पत्नी को बहलाकर अपने साथ कर लिया। व्यापारी जब वहां पहुंचा और किसान से उसकी पत्नी को लौटाने की बात कही तो किसान गुस्से से बोला–"यह तुम क्या कह रहे हो? यह तो मेरी पत्नी है।"

इतना सुनते ही व्यापारी जोर-जोर से चिल्लाने लगा। झगड़ा बढ़ने पर बादशाह अकबर के दरबार में पहुंचा। पूरी बात सुनकर बादशाह ने उस स्त्री से पूछा–"तुम्हारा पति कौन है?"

स्त्री कुछ नहीं बोली। वह चुपचाप खड़ी रही।

मामला गंभीर होने पर बीरबल को न्याय करने के लिए दरबार में बुलाया गया।

बीरबल ने सारी बात सुनकर व्यापारी की पत्नी को एक दवात देते हुए उसमें पानी डालकर लाने के लिए कहा।

औरत के पानी डालकर लाने पर बीरबल ने उस स्याही से कुछ लिखा और व्यापारी से कहा–"यह तुम्हारी पत्नी है, तुम इसे

अपने साथ ले जाओ। इसको परायी स्त्री पर बुरी नजर डालने की सजा दी जायेगी। इसे दस कोड़े मारे जाएं और एक माह के लिए कारावास में डाल दिया जाए।"

बीरबल के न्याय को सुनकर बादशाह ने पूछा कि तुम्हें कैसे पता चला कि यह स्त्री व्यापारी की पत्नी है?

"आलमपनाह, मैंने पूछताछ में पता कर लिया था कि व्यापारी अपने बहीखाते स्वयं ही लिखता है और वह अपनी दवात में अपनी पत्नी से पानी डलवाता है। इसलिए मैंने उसकी पत्नी से दवात में पानी डलवाया। पानी की मात्रा उतनी ही थी जितनी जरूरत थी।"

किसान की पत्नी होती तो वह अनपढ़ होती और दवात में पानी कम या ज्यादा कर सकती थी। अत: मैंने पता लगा लिया कि वह व्यापारी की पत्नी है।

यह सुनकर बादशाह बीरबल की प्रशंसा करने लगे।

बेगमें और जंगली औरतें

एक दिन बादशाह जंगल गये। जिस समय वह जंगल से लौट रहे थे तब उन्हें रास्ते में एक गर्भवती स्त्री सिर पर लकड़ियां का बोझ उठाए हुए मिली। उसी दौरान उसे प्रसव पीड़ा हुई, उसने लकड़ियां नीचे उतारीं और झाड़ियों के पीछे चली गई।

बादशाह यह देखने के लिए कि बिना किसी की मदद के वह स्त्री शिशु को कैसे जन्म देगी, जंगल में कुछ समय के लिए रुक गये।

थोड़ी देर बाद स्त्री झाड़ियों से बाहर निकली, उसकी गोद में एक छोटा-सा बच्चा था। फिर उस औरत ने वह बोझ उठाया और अपने घर की तरफ चल पड़ी। बादशाह ने उस औरत की हिम्मत को देखकर उससे कहा–"तुम तो बहुत बहादुर स्त्री हो।"

बादशाह को पहचानते हुए स्त्री बोली–"यह तो आपका बड़प्पन है। जहांपनाह! मेरे लिए क्या आज्ञा है?"

"बहन शाही बेगम जब बच्चे को जन्म देती हैं तो उन्हें दवाइयां, वैद्य, दाइयां और दासियां बुलानी पड़ती हैं जो उनकी सेवा में दिनभर लगी रहती हैं किन्तु तुमने तो बिना किसी की मदद के ही बच्चे को जन्म भी दिया और बोझ उठाकर चल भी पड़ीं।" बादशाह आश्चर्यपूर्ण होकर बोले।

वह स्त्री कहने लगी–"हुजूर, शाही बेगमों के बारे में तो मैं नहीं जानती किन्तु अपने बारे में तो बता ही सकती हूं। जहांपनाह हम जैसी औरतें सारा दिन इतनी कठिन मेहनत करती हैं कि हमें इन कठिनाइयों को झेलने की आदत पड़ गई है।"

इतना सुनते बादशाह ने महल में लौटकर बेगमों की सेवा में लगी सभी दासियों को हटा दिया और कह दिया कि अब से सब

बेगमें अपने कार्य स्वयं ही करेंगी। यह सुन कर सभी परेशान हो गई। बादशाह से कारण पूछने पर बादशाह ने उन्हें जंगली औरत की बात बताई।

सभी बेगमों ने हल पूछने के लिए बीरबल को बुलाया। सारी बातें सुनकर बीरबल ने सभी मालियों को छुट्टी दे दी और उनसे कहा कि जब उन्हें बुलाया जाए तभी आयें।

बादशाह अकबर को पौधे मुरझाने पर पता चला कि बीरबल ने सभी मालियों को छुट्टी पर भेज दिया है। उन्होंने बीरबल को बुलाकर इसका कारण पूछा।

बीरबल नम्रतापूर्वक बोले–"जहांपनाह। जंगल में उगने वाले पेड़-पौधों को किसी माली और देखरेख की आवश्यकता नहीं होती। वे तो स्वयं ही फलते-फूलते रहते हैं, फिर शाही पौधों को देखरेख की क्या जरूरत है?"

बादशाह अकबर की समझ में आ गया कि बीरबल क्या कहना चाहते हैं? अत: उन्होंने सभी दासियों को वापिस बेगमों की सेवा में लगा दिया। बीरबल ने भी सभी मालियों को वापिस बुलाकर काम पर लगा दिया।

❑

छह प्याले शराब

अकबर बादशाह वैसे तो शराब पीते नहीं थे और न ही उन्हें इसका कोई खास शौक था, किन्तु जैसे-जैसे उनकी उम्र बढ़ रही थी वह शराब ज्यादा ही मात्रा में पीने लगे थे।

बादशाह की बेगम ने परेशान होकर इस विषय में बीरबल से बात की। उन्होंने बेगम को निश्चिंत रहने के लिए कहा और चले गये।

अगले दिन बादशाह के दरबार में बीरबल ने अपने दुशाले में शराब की बोतल को छिपाने का ढोंग किया। बादशाह यह देखकर बोले–"बीरबल, दुशाले में क्या छिपा रखा है? हमें दिखाओ।"

"जहांपनाह। इसमें तो तोता है।" बीरबल ने कहा। बादशाह क्रोधित होकर बोले–"सच-सच बताओ।"

इस बार बीरबल ने घोड़ा बताया। तीसरी बार पूछने पर हाथी बताया। अब बादशाह की नाराजगी और बढ़ गई। उन्होंने क्रोधित होकर उससे सच बताने के लिए कहा।

इस बार भी बीरबल ने उन्हें झूठ बता दिया। उसने कहा कि गधा है। बादशाह अपने गुस्से को काबू में करते हुए बोले–"तुम आखिर कह क्या रहे हो? ठीक से क्यों नहीं बताते कि क्या छिपा रखा है?"

बीरबल इस बार कुछ बोला तो नहीं किन्तु एक शराब की बोतल उनके सामने निकाल कर रख दी। यह देख कर बादशाह ने उससे–"जवाब तो तुम ऐसे दे रहे थे। जैसे तुमने शराब पी रखी है।"

बीरबल बोला–"आलीजहां! जवाब तो सही थे और मैं शराब भी नहीं पीता हूँ।"

बात का मतलब पूछने पर बीरबल ने बादशाह से कहा–"पहली बार शराब पीने पर आदमी को कुछ नहीं होता, इसलिए मैंने कुछ नहीं कहा। दूसरे प्याले पर इंसान तोते की तरह एक ही बात बोलता रहता है। तीसरी बार पीने पर वह घोड़े की तरह बहकने लगता है। चौथी बार के उत्तर में हाथी का मतलब था कि चौथी बार में इंसान मस्त हाथी की तरह हो जाता है। और पांचवीं बार पीने पर इंसान गधे की तरह हरकतें करने लगता है।"

अन्त में छठी बार मैंने शराब की बोतल दिखा दी क्योंकि अन्त में इंसान अपने होश ही खो देता है।

बीरबल की बात सुनकर बादशाह समझ गये कि शराब एक बहुत बुरी चीज होती है। उन्होंने बीरबल को धन्यवाद देते हुए कहा कि वे अब कभी शराब नहीं पियेंगे।

❑

नाखून का इलाज

एक बार एक बादशाह युद्ध में गये। लड़ाई में उनका अंगूठा कट गया। अंगूठे की चिकित्सा करने पर मांस तो आ गया किन्तु उसका नाखून नहीं आ सका। हकीमों ने बहुत से उपाय किये, किन्तु सफल नहीं हो सके। अतः बादशाह ने क्रोधित होकर उन सबको कारागार में डाल दिया। उसके बाद तो जो भी हकीम उनका नाखूलन लाने में असफल रहता, बादशाह उसे जेल में डलवा देते और कहते कि जब तक तुम मेरे अंगूठे का नाखून लाने में सफल नहीं रहोगे तुम्हें आजाद नहीं किया जाएगा।

यह खबर जब दिल्ली के बादशाह अकबर को मिलीं तो उन्हें गरीब जनता पर होने वाले अत्याचार से बहुत दुःख हुआ। बादशाह ने इस समस्या का निवारण करने के लिए बीरबल को उस बादशाह के यहां भेजा।

बीरबल वैद्य का रूप बदलकर थोड़ी-सी औषधि लेकर उस शहर में रहने लगा। वहां के लोगों ने उसे बहुत समझाया कि वह वापिस लौट जाये, यदि राजा ने सुन लिया तो वह उसे भी मौत की सजा दे देगा, किन्तु बीरबल ने किसी की नहीं सुनी।

बादशाह तक खबर पहुंचने पर उसने बीरबल को दरबार में बुलाकर अपने अंगूठे के नाखून को उगाने के लिए कहा।

बीरबल ने कहा–"हुजूर! मेरे पास ऐसी दवा है जिससे आपका नाखून अवश्य ही आ जायेगा किन्तु मेरे पास इसे बनाने वाली औषधि नहीं है। यदि आप मुझे ये सभी औषधि मंगवा दें तो आपका काम अवश्य ही हो जाएगा।"

बादशाह यह सुनकर बहुत प्रसन्न हुए। बीरबल ने उन्हें तीन दिन

में ही आराम मिल जाने का वायदा किया। और कहा–"हुजूर! दया तो परमेश्वर ही करेंगे। हम तो सिर्फ माध्यम हैं। मेरी दवा में जो औषधियां चाहिए, दरअसल वह बहुत कठिनाई से प्राप्त होती है। यदि आप एक महीने में इन औषधियों को नहीं मंगवा पाये तो आप मुझ पर कोई दावा नहीं करेंगे और आपने जितने भी हकीम और वैद्य कैद कर रखे हैं उन सबको आप छोड़ देंगे। किन्तु यह इकरारनामा आपको लिख कर देना होगा। तत्पश्चात् औषधियों के मिलते ही मैं तुरन्त आपकी सेवा में उपस्थित हो जाऊंगा।"

बादशाह गर्व से सोचने लगे कि शायद यह मेरे धन और सम्पत्ति से अनभिज्ञ है तभी तो ऐसा सोचता है कि मैं दवा की औषधियां नहीं मंगवा पाऊंगा। अतः उन्होंने बीरबल को इकरारनामा लिखकर दे दिया। अपनी बात का असर होते देख बीरबल ने यह पंक्तियां सुनायीं–

"क्या अजब आना है उस नाखून का।
फूल अगर गूलर का हो पेशाब हो मछली का।।"

पंक्तियां सुनकर बादशाह ने दीवान को दोनों ही चीजें लाने की आज्ञा दी। दीवान ने बहुत कोशिश की किन्तु सफल न हो सका।

समय पूरा होने पर बादशाह ने कथनानुसार उन सभी को छोड़ दिया। फिर बादशाह ने उन सभी वैद्य और हकीमों से उस दवा का प्रभाव पूछा। बीरबल के द्वारा समझाये जाने पर उन सब वैद्य और हकीमों ने उस दवा की बहुत प्रशंसा की।

हकीमों ने भी बीरबल को धन्यवाद दिया। बादशाह को इस बात के बारे में पता चलने पर उन्होंने भी उसकी प्रशंसा की एवं इनाम भी दिया।

दिल्ली पहुंचने पर अकबर को बीरबल ने सारा वृतान्त कह सुनाया। वह भी बीरबल की बुद्धिमानी से बहुत प्रसन्न हुए।

जूतों से छुटकारा

दिल्ली के पास एक छोटा-सा गांव था। गांव की एक औरत रोज संध्या के समय अपने पति को दस जूते मारा करती थी। इस औरत की लड़की विवाह योग्य हो गई थी। वैसे तो वह अत्यन्त सुन्दर थी किन्तु सभी इस बात से भयभीत थे कि इसे भी अपनी माँ की तरह जूता मारने की आदत न हो। अत: उससे कोई भी शादी नहीं करना चाहता था। वह लड़की जूता मारने वाली लड़की के नाम से प्रसिद्ध थी।

यह उस समय की बात है जिस समय बीरबल की काफी प्रसिद्धि थी किन्तु उनसे सभी ईर्ष्या करते थे और अब उन लोगों को बीरबल से बदला लेने का अवसर प्राप्त हो गया था।

एक दिन बीरबल के पास एक पुरोहित आये। उन्होंने बीरबल से उस जूता मारने वाली लड़की के बारे में सब बातें बताईं और कहा–"यदि आप उस लड़की से विवाह कर लें तो आपकी बहुत प्रशंसा होगी।"

बीरबल उस पुरोहित का मतलब समझते हुए बोले–"देखिए, पुरोहित जी मेरा तो विवाह हो चुका है किन्तु यदि सम्भव हो तो मैं अपने छोटे भाई का विवाह करवा सकता हूं।"

पुरोहित जी खुश होते हुए रमा बाई से जाकर सब बताने लगे। रमा बाई ने शादी की तारीख पक्की करने के लिए पुरोहित से कहा।

बीरबल का कोई भाई था ही नहीं, अत: शादी पक्की होने के बाद उन्होंने एक अनाथ लड़के को अपना भाई बनाकर अपने घर में रख लिया और उसे कुछ समझा भी दिया।

शादी के बाद ससुराल जाते समय रमा बाई ने अपनी लड़की

के हाथ में जूता देते समय कहा कि यदि तू मेरी सच्ची बेटी है तो तू अपने पति पर रोज पन्द्रह जूते मारकर अपना प्रभाव मुझसे भी ज्यादा डालना अन्यथा मैं तेरा मुंह कभी नहीं देखूंगी।

लड़की ने यह बात मान ली। ससुराल में पहुंचते ही बीरबल ने डरावना रूप बना लिया। उस लड़के को भी समझा दिया कि वह भी चिड़चिड़ा स्वभाव बनाकर रहे।

दोनों का रूप देखकर लड़की ने वह जूता एक कोने में डाल दिया।

एक दिन भोजन के समय बीरबल और उस लड़की का पिता विष्णु भोजन कर रहे थे। बीरबल ने विष्णु की पीठ पर हाथ फेरते हुए पीठ पर पड़े गड्ढे के बारे मे पूछा तो विष्णु ने उसे आपबीती सुना दी।

बीरबल ने उसे चार महीने तक सूर्य को सवेरे के समय दण्डवत् प्रणाम करने के लिए कहा। वह हर रोज ऐसा ही करता। बीरबल का दिया हुआ पौष्टिक आहार करता। चार महीने में ही वह हृष्ट-पुष्ट हो गया। फिर बीरबल ने लुहार से एक लुहांगी बनवाकर विष्णु को देते हुए कहा कि आज से तुम्हारा नाम 'गुरु भाई' है, और फिर घर भेज दिया।

पति को वापिस आया देखकर रमा बाई बहुत खुश हुई।

रमा बाई ने जैसे ही अपने पति को मारने के लिए जूता उठाया तब ही विष्णु ने अपनी लुहांगी बनी डंडी उठाकर रमा बाई के मारी। वह जोर से चिल्लाई।

फिर उसने दूसरा डंडा मारा, वह और जोर से चिल्लाई। इस बार चिल्लाने पर सभी आस-पड़ोस के आदमी आ गए और उसे छुड़ाने लगे। उसकी पत्नी की अक्ल सही हो चुकी थी।

जब सभी को पता चला कि बीरबल की बताई हुई तरकीब से विष्णु को अपनी पत्नी से छुटकारा मिला है तो उन्होंने उसकी बुद्धिमानी की बहुत प्रशंसा की और बीरबल से ईर्ष्या करनी छोड़ दी।

बीरबल की पारखी नजर

बीरबल का हृदय बहुत ही दयालु था। वे दीन-हीनों की अधिक से अधिक सहायता करते थे और साथ ही यह भी ध्यान रखते थे कि कोई उन्हें इस बात का फायदा उठाकर ठग न ले।

बीरबल इनाम में मिलने वाला धन गरीबों में बांट देते थे। अवसर मिलते ही बादशाह ने दरबारियों के साथ मिलकर बीरबल को परखने की योजना बनाई। वे देखना चाहते थे कि बीरबल सच्चे दीन-दु:खी को पहचान भी पाते हैं या नहीं।

यह सोचकर बादशाह ने एक सैनिक को गरीब बनाकर बीरबल के पास भेजा। संध्या के समय बीरबल मंदिर से आ रहे थे कि तभी वह आदमी बीरबल के पास जाकर विनती करने लगा–"हुजूर! मेरे आठ छोटे बच्चे हैं। उन्होंने कई दिनों से भोजन नहीं किया। क्या आप भूखों को भरपेट भोजन कराने का पुण्य कमायेंगे।"

बीरबल उस पर दृष्टि जमाते ही समझ गये कि यह व्यक्ति उन्हें ठगने के लिए नाटक कर रहा है। वह मन ही मन मुस्कुराते हुए उस रास्ते पर गये जहां नदी पा करनी पड़ती थी। नदी पार करने के लिए बीरबल ने अपने जूते उतारकर हाथ में ले लिये। उस व्यक्ति ने भी ऐसा ही किया।

बीरबल तो कंकरीले मार्ग पर आसानी से नंगे पांव चल रहे थे किन्तु उस व्यक्ति से नहीं चला गया। अत: उसने अपनी जूतियां पहन लीं। पानी में पैर धुलने से उसके पैर गोरे-चिकने और मुलायम हो गये थे।

वह फिर से बीरबल से वही विनती करने लगा।

जिसकी सहायता करने से मैं पाप का भागी बनूं, मैं ऐसी सहायता कभी नहीं कर सकता।

"मैं समझा नहीं कि मेरी आर्थिक सहायता करने पर आप पापी कैसे बन जायेंगे।" वह व्यक्ति बोला।

"इसलिए कि ईश्वर जिसे पैदा करता है उसे भोजन भी देता है। वह भूखा उठाता जरूर है किन्तु सुलाता नहीं। और तुम कहते हो कि तुमने आठ दिन से भोजन नहीं किया। इसका अर्थ तो यही हुआ कि ईश्वर तुमसे विशेष रूप से रुष्ट है और मैं उनके विरुद्ध कैसे हो सकता हूं। तुम्हें तो कोई पापी ही भोजन करवा सकता है।" बीरबल ने कहा।

बादशाह ने जब यह बात सुनी तो वह फौरन समझ गये कि यह चालाकी बीरबल ने समझ ली है।

अगले दिन बादशाह ने दरबार में बीरबल से कहा—"तुम बहुत दयालु व्यक्ति हो, फिर भी तुमने एक भूखे को खाली हाथ वापिस भेज दिया।"

"जहांपनाह! पहली बात तो यह कि वह कोई भूखा नहीं था। दूसरी बात यह कि वह आपका भेजा हुआ एक ढोंगी व्यक्ति था।" बीरबल ने कहा।

बादशाह ने तुरन्त उससे पूछा कि उसने उसे कैसे पहचाना कि वह भूखा है या ढोंगी।

बीरबल बोले—"बादशाह सलामत! उसने भेष तो अच्छा बनाया था, किन्तु उसकी चप्पलें कीमती थीं। मैं यह बात भी मान सकता हूँ कि उसे वे चप्पलें भीख में मिली हों किन्तु उसके पैर इतने कोमल थे कि वह कंकड़ की चुभन को सहन नहीं कर पाये। बीरबल ने बादशाह को बताया कि उसने किस प्रकार उस व्यक्ति को पहचाना कि वह दीन न होकर एक खाता-कमाता व्यक्ति है।"

बादशाह तुरन्त बोल पड़े—"क्यों न हो? आखिर वह मेरा खास सैनिक जो है।" किन्तु बीरबल की प्रशंसा किये बिना नहीं रह सके बादशाह अकबर।

दूसरा बीरबल

अकबर बादशाह के दरबार में एक बहुत गरीब सरदार रहता था, लेकिन था वो ऊंचे खानदान का। वह इतना गरीब था कि उसका गुजारा बड़ी ही मुश्किल से हो पाता था और उसके पास अच्छे कपड़े भी एक जोड़ी ही थे। उन्हें पहनकर ही वह दरबार में जाता था। बेचारा दिनभर चक्की पीस कर भी दो वक्त का भोजन प्राप्त नहीं कर पाता था।

एक दिन पिसाई का काम ज्यादा होने के कारण वह दरबार में उपस्थित न हो सका।

सरदार का मकान टूटा-फूटा-सा था। बादशाह की सवारी उसके मकान के आगे से होकर गुजरी तो सरदार अपने मकान के बाहर खड़ा था। बादशाह ने उसे पहचान लिया।

दूसरे दिन सरदार के उपस्थित होने पर बादशाह ने उससे उसकी दरिद्रता के बारे में पूछना चाहा, किन्तु वह चुप रहे।

कुछ समय बाद बादशाह के दरबार में एक बड़ा समारोह था। सरदार भी सज-धज कर आ गया। बादशाह ने उससे इशारे मे अपने हाथ की उंगली उठाकर कुछ संकेत किया। उत्तर में सरदार ने अपनी उंगली पेट की तरफ करते हुए इशारा किया।

दरबार के कुछ धूर्त दरबारी यह सब देख रहे थे। अगले दिन उन सब की टोली सरदार के घर पहुंची। उस टोली ने सरदार का मजाक उड़ाते हुए इशारेबाजी का मतलब पूछा।

सरदार बोला–"कुछ बातें न बताई जाएं तो बेहतर रहता है।"

टोली के मुखिया ने जब अपनी बात पर अटल रहते हुए उससे पूछा तब सरदार बोला–"भाइयो! उन्होंने तो मुझसे आप लोगों के

बारे में पूछा था।"

मुखिया ने पूछा–"तो आपने क्या जवाब दिया।"

सरदार ने कहा–"मैंने उंगली अपने पेट पर रखते हुए समझा दिया कि सभी बातें हमारे पेट में हैं।"

अब मुखिया को वह सरदार दूसरा बीरबल दिखाई देने लगा, अत: उन्होंने अपनी-अपनी बातें छिपाने के लिए सरदार को अपनी हैसियत के अनुसार रिश्वत दी और कहा–"सरदार भाई, हमारी बातें अपने पेट में ही रखना। बादशाह को कभी मत बताना। हम सब हमेशा आपकी सेवा ऐसी ही करते रहेंगे।"

गरीब सरदार उन सभी स्वार्थी दरबारियों का चरित्र बैठा देखता रहा, किन्तु सरदार ने उनकी बात मान ली और उन्हें निश्चिंत करके वापिस भेज दिया।

अगले दिन बादशाह गरीब सरदार के घर उसे हाल-चाल पूछने पहुंचे तो सरदार ने रिश्वत में मिली सारी रकम बादशाह के सामने रख दी। बादशाह ने पूछा–"तुम तो चक्की पीसकर अपना जीवन-यापन बड़ी ही मुश्किल से कर पाते थे फिर यह धन तुम्हारे पास कहां से आया?"

सरदार ने कहा–"जहांपनाह! यह सब उस इशारे का कमाल है। न आप इशारा करते और न ही मेरी किस्मत खुलती।"

बादशाह यह सुनकर बहुत प्रसन्न हुए और उसकी चतुराई के विषय में बीरबल को बताते हुए बोले–"आज से हमारे दरबार में दो-दो बीरबल हो गये हैं।"

नदी क्यों रोती है?

बादशाह अकबर का महल यमुना किनारे पर था। एक बार बरसात के मौसम में यमुना नदी ऊपर तक चढ़ गयी। इस कारण पानी का बहाव और आवाज बहुत तेज हो गये। रात के समय तो सन्नाटे के कारण यह आवाज बहुत ही भयावह लगती थी। आधी रात के समय बादशाह की नींद खुल गई, किन्तु उन्हें इस आवाज के कारण दोबारा नींद न आ सकी और वह उठकर टहलने लगा।

सोच में गुम हुए बादशाह नदी को देख रहे थे कि उन्हें अचानक ऐसा लगा जैसे कि नदी रो रही है। उन्होंने बहुत सोचा कि नदी क्यों रो रही है, किन्तु समझ न पाये और बिस्तर पर लेट गये।

अगले दिन सभा में बादशाह ने सभी सभासदों से यह प्रश्न किया, किन्तु कोई भी इस प्रश्न का उत्तर देने में समर्थ नहीं था। बादशाह इस प्रश्न को लेकर अत्यन्त बेचैनी महसूस कर रहे थे। अतः इसके उत्तर को ज्ञात करने के लिए उन्होंने बीरबल को बुलाने के लिए नौकरों को उनके पास भेजा।

बीरबल के आने पर बादशाह ने उनसे पूछा कि नदी क्यों रोती है?

बीरबल ने उत्तर दिया—"जहांपनाह! इस प्रश्न का उत्तर तो मैं नदी की आवाज सुनने के बाद ही दे सकता हूँ।"

रात के समय बादशाह ने बीरबल को नदी की आवाज सुनवाकर उत्तर पूछा। बीरबल तो यह समझ ही गये थे कि उन्होंने नदी की आवाज को उसका रोना समझ लिया है।

बीरबल ने विनम्रता से कहा—"जहांपनाह! नदी के पिता हैं पहाड़ और नदी अपने पिता से जुदा होकर समुद्र यानि अपने पति के पास जा रही है और वह अपने पिता एवं पास-पड़ोसियों से जुदा होने के दुःख से रो रही है।"

बादशाह बीरबल के उत्तर से प्रसन्न हो गये। □

चूना और मक्खन

एक बार बादशाह अकबर ने दीवार से गिरा हुआ चूना नौकर से उठाने के लिए कहा। बादशाह ने जब उस चूने को वहीं पड़ा देखा तो क्रोधित होते हुए उन्होंने नौकर से बाजार से एक सेर चूना लाने के लिए कहा।

नौकर घबराता हुआ बाजार से चूना लेने जा रहा था तभी उसे बीरबल मिले। उसने बीरबल से सब हाल कह सुनाया।

बीरबल समझ गये कि बादशाह यह चूना उस नौकर को ही खिलायेंगे। सोच-विचार करने के बाद बीरबल ने उससे कहा—तुम एक सेर चूने की जगह एक पाव चूना और तीन पाव मक्खन लाना। यदि बादशाह ने तुमसे चूना खाने के लिए कहा तो तुम उस मक्खन वाले चूने को ही खाओगे और वह तुम्हें नुकसान भी नहीं पहुंचायेगा। बीरबल की बात सुनकर उस नौकर ने वैसा ही किया। चूने और मक्खन का मिश्रण लेकर वह बादशाह के सामने गया। बादशाह उससे नाराज तो थे ही अत: उन्होंने उस नौकर को वह पिण्ड खाने का आदेश दिया। नौकर मजबूर होकर वह पिण्ड खाने लगा।

नौकर ने जब आधा मक्खन खा लिया तो बादशाह को उसकी हानि की चिन्ता हुई। उन्होंने उसकी परेशानी को सोचते हुए बाकी चूना फेंकने की आज्ञा दे दी। नौकर ने तुरन्त ही वह चूना फेंक दिया और मस्त होकर अपना कार्य करने लगा।

यह देख बादशाह को बहुत आश्चर्य हुआ। अगले दिन उन्होंने उस नौकर को फिर से चूना लाने का आदेश दिया।

चिन्तित होकर उसने बीरबल के पास जाकर उससे उपाय पूछा। बीरबल ने उससे कहा कि आज वह एक सेर मक्खन ही ले जाये

क्योंकि आज बादशाह उसे सारा मक्खन ही खिलायेंगे।

नौकर ने बादशाह से कहा–"जहांपनाह! मैं एक सेर चूना ले आया हूं।"

बादशाह ने उसे वह चूना खाने के लिए कहा। नौकर उस मक्खन को खाने लगा किन्तु उसने ऐसा नाटक किया जिससे बादशाह को लगे कि उसे चूना खाने में बहुत ही कष्ट हो रहा है।

बादशाह ने सोचा कि आज तो नौकर की स्थिति मरणासन्न जैसी होगी, अतः वह उसे देखने चले गये, किन्तु उसे हंसता-बोलता काम करता हुआ देखकर उन्हें बड़ा आश्चर्य हुआ। फिर उन्होंने उसे बुलाकर कहा–"आज तुम चूना लेने गये थे। तुम्हें बहुत देर हो गई थी। मैं जानना चाहता हूं कि तुम्हें इतनी देर कैसे हुई। सच-सच बताना, नहीं तो तुम्हें मृत्युदण्ड दिया जायेगा।" नौकर ने बादशाह से सब कुछ सच बताते हुए सारा वृतान्त कह सुनाया। नौकर की बात सुनकर बादशाह मुस्कराने लगे।

जिद्दी बेटा

बादशाह अकबर दरबार में आये तो उन्होंने बीरबल को उपस्थित नहीं पाया। बीरबल के दरबार में न आने पर दरबार की सभी व्यवस्था बिगड़ जाती थी, अतः उन्होंने बीरबल को बुलाने के लिए नौकर को भेजा। नौकर से बादशाह का सन्देश सुनने पर बीरबल ने उससे थोड़ी देर में उपस्थित होने के लिए कहा।

नौकर को आये हुए आधा घंटा हो गया किन्तु बीरबल नहीं आये। उन्होंने फिर नौकर को बीरबल के पास भेजा। उसे जल्दी आने के लिए कह दिया। दूसरे नौकर से भी बीरबल ने यही कहा कि तुम चलो, मैं अभी आता हूं।

नौकर ने वापिस आकर बादशाह से ऐसे ही कह दिया कि बीरबल कह रहे हैं, तुम चलो, मैं अभी आता हूं।

बादशाह एक घंटे तक उनका इंतजार करते रहे किन्तु बीरबल का कुछ पता ही नहीं था। दो बार के बुलावे पर भी बीरबल के न आने से बादशाह क्रोधित हो गये। बीरबल से ईर्ष्या करने वाले दरबारियों को मौका मिल गया। उन्होंने बादशाह को भड़काते हुए कहा कि बीरबल तो बहुत ही लापरवाह व्यक्ति है। वह बादशाह के मन का कुछ ज्यादा ही गलत फायदा उठाता है। ऐसा सुनकर बादशाह ने क्रोधित होते हुए दो हथियारबन्द सिपाहियों को बीरबल के पास उसे पकड़कर लाने के लिए भेजा।

बादशाह का आदेश पाकर सिपाही बीरबल को पकड़ने उसके घर गये, किन्तु उन्हें पकड़ना कोई आसान काम तो था नहीं, इसलिए उन्होंने बादशाह का सन्देश बीरबल को सुना दिया। बीरबल बिना कोई देर किये उन सिपाहियों के साथ महल की तरफ चल पड़ा।

दरबार में पहुंचते ही बीरबल बादशाह को सलाम करके अपने स्थान पर जा बैठे। बादशाह ने देर से आने का कारण पूछा तो बीरबल बोले–"जहांपनाह! मेरा छोटा बेटा लगातार रो रहा है। मैं उसे चुप करने की कोशिश कर रहा था किन्तु वह अभी तक शांत नहीं हुआ है।"

यह सुनकर बादशाह ने बीरबल से कहा–"बीरबल, तुमने मेरी आज्ञा की अवहेलना की है। लड़के के रोने का बहाना बनाकर तुम मुझे बहलाना चाहते हो। भला ऐसी कौनसी चीज थी जो तुमने उसे नहीं दी और वह रो पड़ा। वह जो चाहता था, उसे दे देते तो चुप हो जाता। यह सच साबित करो कि तुम्हारा लड़का रो रहा था अन्यथा तुम्हें सजा दी जायेगी।"

बीरबल ने बादशाह का उत्तर देते हुए कहा–"आलीजहां! मैं आपको सारी बात विस्तार से बताता हूँ। मेरा बेटा गन्ना लेने के लिए जिद कर रहा था। मैं उसकी जिद पूरी करने के लिए उसे बाजार ले गया और उसे गन्ना दिलवा दिया। वह फिर रोने लगा। कहने लगा कि वह गन्ने को छीलकर उसकी गंडेरी को चूसना चाहता है। मैंने वैसा ही किया। चूसते-चूसते जब उसका पेट भर गया तो उसने उन्हें चूसने से इन्कार कर दिया। वह थोड़ी देर तक तो चुप रहा किन्तु फिर जोर-जोर से रोने लगा। पूछने पर उसने कहा कि वह उन चुसी हुई गंडारियों को जोड़कर फिर से गन्ना बनाना चाहता है। भला यह कैसे सम्भव था। मैंने उसे बहुत समझाया और बहलाने की भी कोशिश की, किन्तु वह नहीं माना। वह कहने लगा कि जब तक उसे गन्ना नहीं बना दिया जायेगा वह रोता रहेगा। आप ही बताइये बादशाह, यह कैसे सम्भव हो सकता है?"

यह सुनकर बादशाह को बहुत ही आश्चर्य हुआ और बीरबल से कहने लगे–"तुम सच कहते हो। बच्चे को खुश रखना बहुत ही मुश्किल काम है।"

बादशाह का क्रोध शांत हो गया था क्योंकि वह बीरबल की सच्चाई जान चुके थे।

मूर्ख मिले तो क्या करें?

अकबर बादशाह के उस्ताद थे पीर साहब। एक बार वे बादशाह से मिलने मक्का से आये। महल में उनका बहुत आदर-सत्कार किया गया। कुछ दिन आरामपूर्वक समय व्यतीत करके वह वापिस मक्का लौट गये। कुछ दिनों बाद अकबर के पूछने पर कि बीरबल के भी कोई गुरु हैं या नहीं, बीरबल ने कहा–"मेरे गुरु तो हैं किन्तु वह बाहर रहते हैं और कहीं आते-जाते भी नहीं हैं। न ही उन्हें धन का कोई लोभ ही है।"

बीरबल की बात सुनकर बादशाह ने उनके गुरु से मिलने की इच्छा प्रकट की। बीरबल बादशाह के पास से उठकर अपने घर की तरफ जा रहे थे तब उन्हें रास्ते में एक दीन-बूढ़ा लकड़हारा मिला। सारे दिन भटकता रहा किन्तु उसकी लकड़ियों का गट्ठर बिक नहीं सका। बीरबल ने लकड़हारे से गट्ठर का मूल्य पूछकर उसे अपने घर ले आया।

बीरबल ने उसे साफ-सुथरा करके साधु का भेष बना दिया। हाथ में एक रुद्राक्ष की माला देकर एक मंदिर में मृगचर्म के आसन पर बैठाते हुए उससे कहा–"तुमसे मिलने यहां बहुत धनवान व्यक्ति आयेंगे किन्तु तुम उन्हें देखना भी मत। कुछ पूछें तो उसका जवाब भी मत देना। बस अपने ध्यान में लगे हुए माला जपते रहना। यदि तुमने कोई भी चालाकी करने की कोशिश की तो मैं तुम्हें बहुत बड़ी सजा दूंगा।"

उस बूढ़े लकड़हारे ने बीरबल की बातों को मानना ही उचित समझा। बीरबल पूरी तरह से संतुष्ट होने के बाद बादशाह के पास गये और उन्हें अपने गुरु के आने की सूचना दी।

अकबर बादशाह सभी दरबारियों के साथ बीरबल के गुरु के दर्शन करने गए, किन्तु बीरबल उनके साथ नहीं गया।

बादशाह ने गुरु को प्रणाम करके उनके निवास स्थान के विषय में पूछा किन्तु वह चुप रहे। अकबर ने उनसे बार-बार विनती की कि वे उन्हें एक बार आशीर्वाद दे दें। किन्तु गुरुदेव अपने ही ध्यान में मग्न रहे। बादशाह अकबर क्रोधित होकर खड़े होते हुए बोले कि जो व्यक्ति अतिथि का अनादर करे, ऐसे व्यक्ति से बातें करना मूर्खता है। यह कहकर वह वापिस महल की तरफ चल दिये।

अगले दिन बीरबल से बादशाह ने पूछा–"बीरबल, यदि कोई मूर्ख मिल जाये तो क्या करना चाहिए?"

बीरबल ने कहा–"हुजूर! चुप रहना ही उत्तम होता है।"

बीरबल की बात सुनकर बादशाह चुप हो गये। उन्हें चुप देख बीरबल ने कहा–"आलीजहां! मैंने तो पहले ही आपको उनका स्वभाव बता दिया था कि उन्हें रुपये-पैसे का कोई लोभ नहीं है फिर भी आपने उन्हें लालच दिया। आपने तो अपशब्द कहकर उनका अपमान भी किया। आपको अपनी धन-दौलत का घमंड है और इसीलिए उन्होंने आपसे बात नहीं की।"

बीरबल की बात सुनकर बादशाह लज्जित हो गये।

काजी से दुश्मनी

एक दिन बीरबल और दिल्ली के एक काजी में धार्मिक विवाद हो गया। बीरबल के बुद्धिमान होने के कारण काजी उससे परास्त हो गये किन्तु वे उससे बदला लेने के लिए योजना बनाने लगे।

काजी ने दूसरे शहर में जाकर बहरूपिये का स्वांग करने का कार्य सीखा। कुशल होकर काजी वापिस दिल्ली में आया और तरह-तरह के करतब दिखाने लगा जिससे उसकी प्रसिद्धि इतनी ज्यादा हो गई कि बादशाह अकबर ने उस बहरूपिये को दरबार में पेश होने की आज्ञा दी।

बहरूपिये ने नम्रतापूर्वक बादशाह से कहा–"आलीजहां! मुझे शेर का करतब करना बहुत अच्छा आता है किन्तु इसमें कोई भी घायल हो सकता है। यदि ऐसा हुआ तो आप मुझे एक खून की माफी देंगे।"

बादशाह की आज्ञा मिल जाने पर बहरूपिया शेर का स्वांग करने की तैयारी करने लगा। बीरबल वहीं बैठे थे। उन्हें बहरूपिये की बातों से कुछ शक हुआ और वह सतर्क होकर बैठ गये क्योंकि बहरूपिये ने बादशाह से कहा था कि जिस समय वह करतब करे बीरबल वहां उपस्थित रहे।

बीरबल तो एक साहसी और बहादुर व्यक्ति थे ही। दरबार में जाने से पहले उन्होंने कवच आदि पहन लिया था। बहरूपिया शेर का स्वांग करते हुए उछल-कूद करता तो बादशाह सहित सभी दरबारी प्रसन्न हो उठते। कुछ समय बाद वह ऐसे ही उछलता-कूदता बीरबल के ऊपर झपटा। किन्तु बीरबल ने उस पर उल्टा प्रहार किया। वह पीछे जाकर गिर पड़ा, किन्तु थोड़ी ही देर में संभल भी गया।

अब बादशाह बहरूपिये की बातों को समझ गये थे। उसने बीरबल की जान लेने के लिए ही एक खून की माफी और बीरबल का उपस्थित होना क्यों आवश्यक बताया था। बीरबल पर हुए हमले से सभी दरबारी और बादशाह भयभीत हो गये।

उस हमले में बीरबल के कपड़े तो फट गये किन्तु कवच के कारण उन्हें कहीं कोई चोट नहीं आई। यह देख बादशाह ने बीरबल से पूछा–"लगता है कि तुम्हें इसका आभास पहले से ही हो गया था।"

बीरबल बोला–"आलीजहां! बहरूपिये की बातों को सुन कर ही मैं समझ गया था कि कुछ बात तो जरूर है। अत: मैंने अपने बचाव के लिए यह कवच पहन लिया था।"

बादशाह बोले–"बीरबल, मैं तुम्हारे बच जाने से बहुत खुश हूँ। किन्तु मैं इस धोखेबाज को भी सजा अवश्य दूंगा। यह तो फिर से अवसर देखकर तुम पर आक्रमण कर सकता है, इसलिए मैं इसे मृत्युदण्ड दूंगा। तुम तो मेरे प्राणप्रिय हो और यह तुम्हारा ही जीवन नष्ट कर देना चाहता था। यदि तुम्हारे पास इसके लिए कोई सजा हो तो हमें बताओ।"

बीरबल ने कहा–"हुजूर! मैं इसे स्वयं सजा दूंगा।"

बादशाह के पूछने पर उसने कहा–"आप देखते जाइये।"

यह कहकर बीरबल ने उस बहरूपिये से अगले दिन सती का स्वांग करने के लिए कहा। और यह भी कहा कि यदि वह इसमें सफल रहा तो उसे बहुत-सा इनाम भी दिया जाएगा। सफल न होने पर फांसी की सजा दी जायेगी।

यह जानते हुए कि यदि उसने सती का स्वांग किया तो उसकी जान भी जा सकती है किन्तु उसे फांसी का भी डर था। अत: उसने अगले दिन सती का स्वांग करने की सहमति दे दी।

बीरबल ने एक कुण्ड का इन्तजाम करवाया और साथ ही चिकित्सकों को भी बुलवा लिया।

बहरूपिये ने जब उस कुण्ड को देखा तो घबरा गया। डरते-डरते वह उस कुण्ड में जा बैठा। कुछ ही देर में उसका शरीर झुलसने लगा। यह देख बीरबल को उस पर दया आ गई।

बहरूपिये ने उसकी जान लेने की कोशिश की थी फिर भी बीरबल से उसका दु:ख देखा न गया। तभी उसने सेवकों को आज्ञा देकर उसे कुण्ड से बाहर निकलवा लिया।

बीरबल की उदारता देख बहरूपिये को अपने कर्म पर बड़ा ही पछतावा हुआ। स्वस्थ होने के बाद बहरूपिये ने अपना पूर्ण परिचय देते हुए बीरबल से क्षमा-याचना की और उनकी दयालुता एवं उदारता की भी प्रशंसा की। बीरबल ने उस काजी को अपने गले से लगा लिया जिसे देख बादशाह और सभी दरबारी उनकी प्रशंसा करने लगे।

□

बीरबल दीवानी से बर्खास्त

एक दिन बादशाह अकबर उदास बैठे विचारमग्न थे। बीरबल आये और उनसे मजाक करने लगे। बीरबल के मजाक से नाराज होकर बादशाह ने बीरबल को हमेशा के लिए जाने को कह दिया।

बादशाह के इस तरह कहने पर बीरबल जब एक महीने तक दरबार में नहीं आये तो उन्होंने एक नया दीवान नियुक्त कर लिया।

बीरबल को जब यह पता चला तो वे दिल्ली छोड़कर कहीं चले गये। नया दीवान वैसे तो सभी कार्य ठीक करता था किन्तु बादशाह संतुष्ट नहीं थे अत: उन्होंने ऐलान करवा दिया कि जो बादशाह के पूछे गये प्रश्नों का उत्तर सही-सही देगा उसे दिल्ली-दरबार का दीवान बनाया जायेगा।

ऐलान सुनकर दीवान बनने की इच्छा से दरबार में पहुँचे। दीवान बनने के लिए पाँच उम्मीदवार चुने गये। उनमें से एक ने कुछ अलग ही पोशाक पहनी हुई थी। उसकी दाढ़ी के बाल आधे काले और आधे सफेद थे।

सर्वप्रथम पंडितराज जगन्नाथ ने कहा—"आज सभा में सही उत्तर देने वाले को दीवान बनाया जायेगा किन्तु जिसका पहला उत्तर गलत होगा उससे और कोई सवाल पूछा नहीं जायेगा। पहला प्रश्न यह है कि दुनिया के समुद्रों में मोती की सीपें कितनी होती हैं?"

किसी ने अरब बताईं तो किसी ने करोड़ किन्तु साफे वाले ने संसार के मनुष्यों की आंखों के समान सीपें बताईं।

शर्त के अनुसार उन चारों से आगे कुछ भी पूछा नहीं गया। उस साफे वाले से ही दूसरा सवाल पूछा—"शरीर का पहला गुण क्या है?"

साफे वाले ने कहा–"आरोग्यता।"

"सबसे बढ़कर शस्त्र क्या है?" प्रश्न पूछा गया।

"बुद्धि सबसे श्रेष्ठ शस्त्र है।" उसने उत्तर दिया।

चौथा प्रश्न पूछा गया कि यदि चीनी और रेत मिलाया जाये तो पानी में डालने के अलावा और क्या उपाय है जिससे अलग किया जा सके।

साफे वाले ने उत्तर दिया–"उनको पृथ्वी पर फैला देने से चीनी को चींटी ले जायेगी और रेत वहीं पड़ा रह जायेगा।"

पांचवां सवाल पूछा गया–"क्या तुम समुद्र का पानी पी सकोगे?"

"यदि समुद्र में गिरने वाली सभी नदियों को बंद कर दिया जाये तो पी सकता हूँ।" बूढ़े ने उत्तर दिया।

छठा सवाल था–"बिना चिता के आदमी किससे जलता है?"

उसने कहा–"चिंता से।"

"सबसे नीच उद्यम क्या है?" सातवाँ सवाल पूछा गया।

वह बोला–"सबसे नीच उद्यम भिक्षा है।"

उत्तर सुनकर सभी चकित होते हुए प्रशंसा करने लगे।

अब साफे वाले ने भी कहा–"क्या आप सभी सभासदों में से कोई मेरे एक प्रश्न का उत्तर दे सकता है?"

यह सुनकर सभी बोले–"खुशी से पूछिए।"

"किवाड़ खोलने एवं बंद करने पर 'चूं-चूं' की आवाज का क्या अर्थ होता है?" साफे वाले ने प्रश्न किया।

कोई भी उत्तर नहीं दे पाया। उन्हें इस बात की भी खुशी हुई कि बीरबल से योग्य दीवान उन्हें मिल गया है।

बादशाह बोले–"बीरबल न जाने कहां चला गया। मैंने उसे खोजने का बहुत प्रयत्न किया किन्तु सफल नहीं हो सका।"

नए दीवान ने नम्रता से कहा–"यदि वह आपको मिल जाए तो क्या आप उसे रखेंगे?"

बादशाह बोले–"अवश्य रखूंगा। लेकिन मैं तो उसका पता-ठिकाना भी नहीं जानता।"

नए दीवान के बताने पर कि वह पता-ठिकाना बता सकता है, बादशाह ने उससे बीरबल का पता पूछा।

नए दीवान ने अपना साफा उतारा। ढकी हुई आंख बाहर निकाली। नकली दाढ़ी खींचकर बाहर फेंक दी। अंगरखा और पाजामा भी उतार फेंका।

बादशाह बीरबल को देखकर बहुत प्रसन्न हुए। फिर बादशाह के पूछने पर उसने कहा—"मैं एक महीने तक घर में छिपा बैठा रहा। फिर रात में भेष बदलकर चोरों को पकड़ता था। मुझे कोई पहचान नहीं पाया। फिर मैं यहां के बारे में जानकारी लेने लगा और इस प्रकार मैं यहां पहुंच गया।"

यह सुनकर बादशाह ने नये दीवान के लिए मंगवाये गये वस्त्रों को बीरबल को देते हुए उसे उसके पद पर नियुक्त कर दिया। यह देखकर प्रजा भी प्रसन्न हो गई।

❐

उम्र बढ़ाने का नुस्खा

एक दिन तुर्किस्तान के बादशाह ने अकबर की परीक्षा लेने के विचार से अपने एक दूत को पत्र देकर सिपाहियों के साथ दिल्ली अकबर के दरबार में भेजा।

पत्र में लिखा था–"बादशाह अकबर। मैंने सुना है कि भारतवर्ष में एक ऐसा पेड़ पैदा होता है जिसके पत्ते खाने से मनुष्य की उम्र बढ़ जाती है। कृपा कर, थोड़े से पत्ते आप मेरे लिए भी भिजवा दें।"

पत्र पढ़कर बादशाह सोच में पड़ गये कि अब क्या किया जाये। अत: उन्होंने बीरबल को सब बताते हुए उपाय पूछा। बीरबल के कहने पर उस दूत को सिपाहियों सहित एक सुदृढ़ किले में बंद कर दिया गया।

कई दिन बीत जाने पर बादशाह बीरबल को अपने साथ लेकर उन कैदियों का हाल देखने किले में गये। अकबर ने उसके पास जाकर कहा कि तुम्हारे बादशाह को वह वस्तु मिल तो जायेगी किन्तु उसके लिए पहले उन्हें इस किले की एक-दो ईंट गिरानी पड़ेगी। मैं तुम्हें तभी आजाद कर दूंगा। तुम्हें यहां किसी भी प्रकार की कोई परेशानी नहीं होगी। तुम लोगों की देखरेख के लिए मैंने उचित प्रबन्ध कर दिया है।

इतना कहकर बादशाह तो चले गये किन्तु वह सब अपने आजाद होने का उपाय खोजने लगे। उन्होंने ईश्वर से प्रार्थना की कि उनकी सहायता करें। उन पर अपनी कृपादृष्टि बनाये रखें।

ईश्वर तो दयालु होते ही हैं। उन्हें प्रेमपूर्वक याद करने पर वह अपने भक्तों की रक्षा अवश्य ही करते हैं।

एक दिन वहां भूकम्प आया और किले का कुछ भाग ढह

गया। इस घटना के होने के बाद दूत ने बादशाह के पास संदेश भेजा।

बादशाह को अपने वचन याद थे, अतः उन्होंने दूत को सिपाहियों सहित दरबार में बुलाया और कहा—"आप सबको अब सभी बातें समझ में आ गई होंगी, यदि नहीं तो मैं स्पष्ट कर देता हूँ। तुम लोग केवल सौ हो और तुम्हारी एक आह से इतना सुदृढ़ किला धराशायी हो गया। फिर जहां हजारों लोगों पर इतने अत्याचार हो रहे हों तो तुम्हीं बताओ ऐसे राजा की आयु कैसे बढ़ेगी। उसका तो दिन-प्रतिदिन पतन ही होगा। मेरे राज्य में कोई अत्याचार नहीं होता। सभी प्रजा प्रेमपूर्वक रहती है। गरीब प्रजा पर अत्याचार न करना और उनका भली प्रकार भरण-पोषण करना ही आयु बढ़ाने वाला वृक्ष है।"

यह सब बातें सुनकर वह दूत समझ गया। बादशाह ने उसे अपने सिपाहियों सहित उसके देश भेज दिया। उन्होंने जाकर तुर्किस्तान के बादशाह को सारी घटना बताई और अकबर के बारे में भी बताया कि वह किस तरह अपनी प्रजा का प्रेमपूर्वक पालन-पोषण करते हैं। जिसे सुनकर तुर्किस्तान के बादशाह ने अकबर की बहुत प्रशंसा की और उनसे शिक्षा लेकर प्रजा पर अत्याचार करना छोड़ दिया।

❐

बख्तर की परीक्षा

फौजी युद्ध के समय जिस वस्त्र को पहनकर जंग लड़ते हैं उसे बख्तरबंद (लोहे का वस्त्र) कहा जाता है, जिससे शरीर की सुरक्षा होती है।

एक बार बादशाह अकबर ने एक कारीगर को बख्तरबंद बनाने का आदेश दिया। कारीगर ने पूरी मेहनत से वह बख्तरबंद बनाया और बादशाह के सामने पेश किया।

बादशाह को वह बहुत पंसद आया। उन्होंने उस वस्त्र की मजबूती देखने के लिए उसे एक काठ के पुतले को पहनाया। बादशाह ने जैसे ही उस पर तलवार से वार किया वह फट गया।

बादशाह ने क्रोधित होते हुए कारीगर से दूसरा बख्तरबंद बनाने के लिए कहा और यह भी समझा दिया कि यदि वह भी ऐसा ही कमजोर निकला तो हम तुम्हें मृत्युदण्ड देंगे।

कारीगर यह सुनकर भयभीत हो गया और दु:खी मन से अपने घर लौट आया। उसे लगने लगा कि अब उसकी जान बचनी बहुत मुश्किल है। उसने बहुत सोचा कि वह इस परेशानी से कैसे बच सकता है। उसने जब खुद को बचाने में असमर्थ पाया तो वह बीरबल के पास मदद लेने गया।

सारी बात सुनकर बीरबल ने उसे हिम्मत बंधाते हुए कहा–"तुम बख्तर बनाकर ले जाओ। बादशाह जब उसे काठ के पुतले पर पहनायें तो तुम मना करते हुए स्वयं पहनना। जैसे ही वे तुम पर प्रहार करने के लिए आगे बढ़ें वैसे ही तुम बहुत तेजी से चिल्लाना जिससे प्रहार करने वाले का हाथ कांप जाये और वह दूर जाकर खड़ा हो जाये। इस कार्य को तुम यदि ठीक प्रकार कर पाये तो

तुम्हारे प्राण अवश्य ही बच जायेंगे।"

कारण पूछने पर बताना कि बख्तर पहनने वाला कोई काठ का पुतला नहीं होगा। उसमें शक्ति तो होगी ही। फिर वह प्रतिद्वंद्वी को अपने पास आने ही क्यों देगा। यदि वह पास आ भी गया तो उसके मन में डर तो अवश्य होगा और इस प्रकार वह बख्तर को आसानी से तोड़ नहीं पायेगा।

बीरबल का बताया हुआ बचाव का तरीका उसे बहुत पसंद आया। वह बख्तर बनाकर बादशाह के पास ले गया और उसने बादशाह से बीरबल की बताई हुई सारी बातें कही।

बादशाह ने उसे बख्तर पहनने की आज्ञा देते हुए सिपाही से उसके ऊपर तलवार चलाने के लिए कहा। जैसे ही सिपाही ने तलवार उठाई वह जोर से चिल्लाकर सिपाही की तरफ लपका। सिपाही डरकर एक तरफ खड़ा हो गया।

कारण पूछने पर कारीगर ने बादशाह को बीरबल का बताया हुआ जवाब बता दिया।

बादशाह ने कहा—"यह बात तो तुम सच कह रहे हो किन्तु यह बात तुम्हें बताई किसने है?"

कारीगर की बात सुनकर बादशाह बीरबल की चतुराई पर बहुत प्रसन्न हुए।

❐

मित्रता भंग

दिल्ली शहर के एक प्रतिष्ठित साहूकार के लड़के से बादशाह अकबर के शहजादे की घनिष्ठ मित्रता थी। वे दोनों सारा दिन घूमते-फिरते रहते थे। यह बात न तो साहूकार को पसंद थी और न ही बादशाह अकबर को अच्छी लगती थी। वे दोनों ही उनकी मित्रता तोड़ना चाहते थे।

साहूकार में तो इतनी हिम्मत थी ही नहीं कि वह शहजादे से कुछ कह पाते। उन्हें अपनी जान जाने का भी खतरा था। अतः वह कुछ कह नहीं पाता था।

बादशाह अकबर ने बीरबल से उन दोनों की मित्रता भंग करने का उपाय पूछा तो बीरबल बोला—"आप आज्ञा देकर आज साहूकार के बेटे और शहजादे दोनों को दरबार में उपस्थित होने का हुक्म दीजिये।"

बादशाह ने आदेश दे दिया। आदेश पाकर दोनों मित्र सही समय पर दरबार में बादशाह के सामने उपस्थित हो गए। पहले तो इधर-उधर की सामान्य सी बातें होती रहीं फिर बीरबल की नजर शहजादे पर पड़ी। उन्होंने देखा कि शहजादे का मन दरबार में नहीं लग रहा है। वह अपने स्थान से उठकर साहूकार के बेटे के पास गये और उसके कान में कुछ कहने लगे। साहूकार के लड़के को कुछ भी समझ में नहीं आया कि बीरबल क्या कह रहे हैं, क्योंकि बीरबल की आवाज साफ नहीं आ रही थी। फिर बीरबल ने साहूकार के बेटे को चेतावनी देते हुए कहा कि वह इस बात को गुप्त रखे और अपने प्रिय मित्र को भी न बताये।

दरबार से जाने के बाद शहजादे ने अपने मित्र से बीरबल की बताई हुई बात पूछी तो वह कुछ भी बता नहीं सका। वह बताता भी

कैसे, उसे तो कुछ समझ में आया ही नहीं था। शहजादा शक करता हुआ बोला–"आज तुमने मुझसे झूठ बोला है।"

साहूकार के बेटे ने शहजादे को समझाते हुए बता दिया कि बीरबल ने तो उससे कुछ भी नहीं कहा। कुछ अस्पष्ट–सा फुसफुसाया और फिर सबके सामने कह दिया कि मैं यह बात गुप्त रखूं।

फिर धीरे-धीरे उन दोनों मित्रों के बीच अविश्वास पैदा हो गया। दोनों घनिष्ठ मित्रों के बीच दरार पड़ गयी। वे दोनों अपने अपने कामों में लग गये। यह देख साहूकार को भी बहुत खुशी हुई और उधर बादशाह ने हमेशा की तरह बीरबल को उसके कार्य की सफलता और चतुराई के लिए इनाम दिया।

❐

चोर की दाढ़ी में तिनका

दिल्ली शहर में एक बड़ा व्यापारी रहता था। एक दिन उसके घर में चोरी हो गई। चोरी में व्यापारी का धन और काफी सारा कीमती सामान चला गया। व्यापारी के पास कुछ बर्तनों और कपड़ों के अलावा कुछ भी नहीं बचा। व्यापारी ने इस चोरी की सूचना राज्य के अधिकारियों को दी। उन्होंने बहुत कोशिशें कीं चोर को पकड़ने की, किन्तु वे सफल नहीं हो पाये।

व्यापारी की ऐसी दशा देखकर बादशाह को बहुत दु:ख पहुंचा। अत: उन्होंने चोरों का पता लगाने के लिए बीरबल को यह कार्यभार संभालने को कहा।

बीरबल ने व्यापारी को बुलाकर उससे पूछा कि क्या उसे किसी पर संदेह है? यदि है तो उसका नाम बताओ। मैं वादा करता हूं कि मैं तुम्हें तुम्हारी सम्पदा दिलाऊंगा। व्यापारी ने कहा कि दीवान जी, वैसे तो मैंने किसी को भी चोरी करते हुए अपनी आंखों से तो नहीं देखा, इसलिए मैं किसी का नाम नहीं बता सकता, किन्तु मुझे अपने नौकरों पर शक है। बाहर का कोई आदमी यह काम नहीं कर सकता।

बीरबल ने व्यापारी के नौकरों को बुलाकर उन्हें एक-एक डंडी देते हुए कहा–"मैंने इन डंडियों पर मंत्र पढ़ दिया है। अब तुम ये डंडियां अपने साथ ले जाओ। सुबह के समय अपनी-अपनी डंडी लेकर आना। जिसने चोरी की है उसकी डंडी रात-भर में एक इंच बड़ी हो जायेगी।" यह कहकर बीरबल ने उन्हें डंडी देकर वापिस भेज दिया।

जिस नौकर ने चोरी की थी उसने सोचा कि डंडी के एक इंच बढ़ जाने पर मेरी चोरी पकड़ी जायेगी, अत: उसने अपनी डंडी को

एक इंच छोटा कर दिया। सोचा कि इस तरह उसकी डंडी सब की तरह समान ही रहेगी और मुझे कोई भी नहीं पकड़ पायेगा।

प्रात:काल दरबार में उपस्थित होने पर बीरबल उसकी डंडी को देखकर समझ गये कि चोरी इसी ने की है। उन्होंने उसे एकान्त में ले जाकर उससे सभी जानकारी ले ली। धन छिपाने की जगह पूछने पर वह आनाकानी करने लगा। बीरबल ने उसे पीटने की आज्ञा दी।

मार खाने के डर से उसने सब कुछ बता दिया। वह जगह भी बता दी, जहां उसने वह सारा सामान छिपाया था।

व्यापारी को उसकी सारी सम्पत्ति वापिस मिल गई और वह बहुत खुश हुआ। उसने बीरबल को धन्यवाद दिया और उस नौकर को बीरबल ने राज्य के कानून के अनुसार दण्ड दिया। बादशाह इस न्याय से बहुत खुश हुए।

दूज का चाँद

एक दिन बीरबल किसी काम से काबुल गये। उन्होंने कुछ इस तरह के कपड़े पहने जिन्हें देखकर वहां के लोगों को उनके बारे में जानने की इच्छा जागृत हुई।

खोजबीन करने से पता चला कि वह दिल्ली का कोई जासूस है। उन्होंने यह खबर बादशाह को दी।

काबुल के बादशाह ने बीरबल को बुलाकर उसके बारे में पूछा कि वह कौन है और कहां से आया है?

बीरबल ने अपना परिचय एक यात्री के रूप में दिया जो नए-नए नगरों को देखने की इच्छा से घूमता रहता है।

काबुल के बादशाह ने पूछा–"यदि तुमने वास्तव में कई नगरों का भ्रमण किया है तो हमें बताओ कि क्या कहीं और भी हम जैसा राजा है।"

बीरबल ने उत्तर दिया–"आलीजहां! आप पूर्णिमा के चन्द्रमा की तरह हैं और हमारे बादशाह दूज के चांद की भांति हैं।"

काबुल का बादशाह अपने को पूर्णिमा का चांद सुनकर बहुत प्रसन्न हुआ। उसने बीरबल को बड़े आदर के साथ अपने दरबार में बैठाया। बीरबल के लौटने पर उन्होंने बीरबल को वस्त्र और आभूषण देकर खुशी-खुशी विदा किया। बीरबल ने दिल्ली आकर अपने घरवालों को सब समाचार सुनाये। काबुल की बातें, बीरबल से ईर्ष्या करने वालों के कानों में भी पड़ी। उन्हें बादशाह को बीरबल के खिलाफ करने को अवसर प्राप्त हो गया।

अगले दिन बीरबल के दरबार में उपस्थित होने पर बादशाह अकबर ने उनसे पूछा–"तुम काबुल घूमने गये थे। हमें वहां का सारा

समाचार सुनाओ।"

बीरबल ने उन्हें सब बातें विस्तारपूर्वक सुना दीं। अकबर ने बीरबल से स्वयं को दूज का चांद और काबुल के बादशाह को पूर्णिमा का चांद बताने का कारण पूछा तो बीरबल ने नम्रतापूर्वक उत्तर दिया–"जहांपनाह! पूर्णिमा का चांद चाहे कितना ही बड़ा हो किन्तु वह अगले दिन से घटने लगता है, इसलिए उसे इतना नहीं मानते, जबकि दूज के चांद को हिन्दू और मुस्लिम दोनों ही शुभ भी मानते हैं और उसके प्रेमपूर्वक दर्शन भी करते हैं। भले ही दूज का चांद छोटा क्यों न हो, उगते चन्द्रमा को देखने के लिए सभी आतुर होते हैं। मुसलमानी महीना दूज से ही शुरू होता है और लोग द्वितीया को शुभ मानकर अपना कार्य उसी दिन से शुरू करते हैं और सबसे बड़ी बात दूज का चांद प्रतिदिन बढ़ता ही है।"

बीरबल की बुद्धिमानी देखकर बादशाह बहुत प्रसन्न हुए।

❐

शाही रामायण

एक दिन बादशाह अकबर के दिमाग में मुगलों के इतिहास को लेकर शाही रामायण बनाने का विचार आया। अत: उन्होंने अपने विचार के विषय में बीरबल को बताते हुए यह काम उन्हें सौंप दिया।

बीरबल ने शाही रामायण को तैयार करने के लिए बीस हजार रुपये की जरूरत के बारे में कहा।

बादशाह ने आश्चर्यचकित होकर कहा–"बीस हजार रुपये!" बीरबल बोला–"हुजूर, बीस हजार रुपये और छ: महीने का अवकाश मिलने पर तो यह कार्य किया जा सकता है।"

बीरबल के कथनानुसार बादशाह ने उन्हें बीस हजार रुपये और छ: महीने का अवकाश दे दिया।

बीरबल ने उन रुपयों को जनता की भलाई के कार्यों में खर्च कर दिया फिर पांच महीने में सादे कागज की एक जिल्द बनवाकर एक आदमी के सर पर रखकर बादशाह के पास गया।

बीरबल ने पुस्तक की ओर इशारा करते हुए बादशाह से कुछ राय लेने के लिए कहा।

बादशाह की सहमति पर बीरबल बोला–"बादशाह सलामत! रामायण के मुख्य नायक और नायिका राम-सीता थे। इस शाही रामायण के नायक आप हैं। किन्तु आपकी बहुत-सी बेगम हैं। मैं यह राय लेने आया हूँ कि सीता जी की पदवी लेने का सौभाग्य किसे प्राप्त होगा? आप मुझे शीघ्र ही बता दीजिए ताकि मैं अपना कार्य पुन: आरम्भ कर सकूं।" इतना कहकर बीरबल बादशाह के उत्तर की प्रतीक्षा करने लगा।

बादशाह ने बड़ी बेगम को नायिका बनाने का आदेश दिया।

यह सुनकर बीरबल प्रधान बेगम के पास जाकर सब बातें बताते हुए पूछने लगा कि सीता जी को कई वर्षों तक दैत्यराज रावण के पास रहना पड़ा था। अब आप भी मुझे बता दीजिए कि आप किसके यहां रह चुकी हैं ताकि मैं अपनी रामायण को शीघ्र ही सम्पूर्ण कर सकूं।

बीरबल की बात सुनकर प्रधान बेगम क्रोधित हो गई।

बीरबल ने सब बातें आकर बादशाह को बताईं जिन्हें सुनकर बादशाह ने शाही रामायण लिखने का आदेश वापिस ले लिया और फिर बीरबल से बोले–"बीरबल, मुझे तुम्हारे प्रत्येक कार्य की सूचना है कि तुमने वह बीस हजार रुपये व्यर्थ नहीं किये अपितु उनका उचित प्रयोग किया है।"

बादशाह की बात सुनकर बीरबल ने उनकी रामायण बनाने के लिए कहा तो बादशाह बीरबल से बोले–"नहीं बीरबल, मुझमें इतनी कुशलता कहां कि मैं भगवान श्री राम का मुकाबला कर सकूं। अब तुम आकर अपना छः महीनों का पड़ा हुआ कार्य पूरा करो।"

बीरबल बादशाह की आज्ञा पाते ही खुशी-खुशी अपने कार्य सम्पन्न करने में व्यस्त हो गया।

❐

बीरबल की खिचड़ी

एक बार बादशाह अकबर ने यह घोषणा करवा दी कि वह उस व्यक्ति को बहुत सा इनाम देंगे जो ठंड के मौसम में रात के समय ठण्डे पानी में खड़ा रहेगा।

उस शहर में एक बहुत गरीब धोबी रहता था जिसे रुपयों की बहुत आवश्यकता थी। घोषणा सुनने के बाद वह दरबार में गया और बादशाह से नदी में खड़े रहने की बात की।

बादशाह ने उसे आज्ञा दे दी। वह धोबी सारी रात बिना किसी कपड़े के ठंडे पानी में खड़ा रहा। जब उसने बादशाह से अपना इनाम मांगा तो बादशाह ने उससे पूछा कि तुम सारी रात ठंडे पानी में कैसे खड़े रहे?

धोबी ने कहा–"आलीजहां! रात के समय आपके महल की छत पर एक दीया जल रहा था। मैं सारी रात उसे देखता रहा और उससे आंच लेता रहा। इस प्रकार मैं पानी में खड़ा रह पाया।"

बादशाह ने यह कहते हुए कि तुमने महल की छत पर रखे हुए दीये से रोशनी ली है। अत: तुम इस इनाम के सही हकदार नहीं हो सकते और यह कहकर उन्होंने उस धोबी को वहां से जाने के लिए कहा।

धोबी न्याय मांगने बीरबल के पास गया। बीरबल ने सारी बात सुनकर उसे घर जाकर निश्चिंत रहने के लिए कहा।

अगले दिन बीरबल दरबार में नहीं आया। बादशाह ने कारण जानने के लिए नौकर को बीरबल के घर भेजा।

बादशाह का संदेश सुनकर बीरबल ने कहा–"अभी मैंने भोजन नहीं किया है। मैं खिचड़ी बना रहा हूं जब वह पक जाएगी तभी मैं

भोजन करके दरबार में आ सकूंगा।"

संध्या होने पर भी जब बीरबल नहीं आया तो बादशाह दरबारियों को साथ लेकर स्वयं बीरबल के घर गये। वहां उन्होंने देखा कि दो लम्बे बांसों को बांधकर उसके ऊपर एक हंडिया में चावल डालकर लटका दिया और जमीन पर आग जला दी।

यह देखकर बादशाह ने क्रोधित होकर बीरबल से कहा—"यह क्या कर रहे हो तुम? भला इतनी दूरी से यह खिचड़ी कैसे पक सकती है?"

बीरबल ने उत्तर दिया—"जहांपनाह! यह खिचड़ी वैसे ही पक जायेगी जैसे उस गरीब धोबी को महल की छत पर रखे दीये से रोशनी मिल रही थी।"

बादशाह को बीरबल का उत्तर सुनकर अपनी भूल का अहसास हुआ और उन्होंने गरीब धोबी को बुलाकर उसे इनाम की राशि दे दी।

❑

धूप और छांव

बादशाह अकबर वैसे तो बीरबल से बहुत प्यार करते थे और उनसे उन्हें काफी लगाव भी था, किन्तु एक दिन बादशाह किसी बात पर बीरबल से नाराज हो गये। उन्होंने बीरबल को शहर से बाहर जाने की आज्ञा दे दी। आज्ञा मिलने पर बादशाह से नाराज होकर बीरबल भी नगर के पास एक गांव में जाकर रहने लगे।

कई महीने बीत जाने पर भी न तो बादशाह ने उन्हें बुलाया और न बीरबल ही वापिस गये।

बादशाह को जब बीरबल की चिंता ज्यादा सताने लगी तो उन्होंने कर्मचारियों को बीरबल की तलाश में भेजा किन्तु वे उन्हें खोजने में असफल रहे।

एक दिन बादशाह ने बीरबल को ढूंढ़ने की एक तरकीब सोची। बादशाह ने ऐलान करवा दिया कि जो व्यक्ति आधी धूप और आधी छांव में हमारे पास आयेगा हम उसे एक हजार रुपये इनाम में देंगे।

कोई भी इस कार्य में सफल नहीं हो सका। बीरबल ने यह सुना तो अपने पड़ोस के बढ़ई से बोला—"तुम अपने सिर पर एक चारपाई रखकर बादशाह के पास जाकर कहो कि तुम आधी धूप आधी छाया में आये हो और तुम्हें इनाम भी मिलना चाहिए।"

बढ़ई ने बीरबल के कथनानुसार ऐसा ही किया। वह बादशाह अकबर से जाकर बोला—"जहांपनाह! मैं आधी दूर धूप और आधी दूर छांव में आया हूँ अतः मुझे एक हजार रुपये मिलने चाहिए।"

बादशाह ने उस बढ़ई से इस तरकीब को बताने वाले के बारे में पूछा तो वह कहने लगा—"बादशाह सलामत! कुछ दिनों पूर्व हमारे गांव में बीरबल नाम के एक पंडित आये हैं उन्होंने ही मुझसे ऐसा करने के लिये कहा था।"

बादशाह ने बढ़ई को एक हजार रुपये देकर वापिस भेज दिया। उसके साथ उन्होंने अपने दो कर्मचारी बीरबल को बुलाने के लिए भी भेजे। बीरबल उन कर्मचारियों के साथ वापिस आ गये जिन्हें देखकर बादशाह बहुत खुश हुए।

❒

नकल की सजा

एक दिन बीरबल बादशाह से अवकाश लेकर अपने रिश्तेदार के यहां दावत में गये।

अगले दिन बीरबल के दरबार में आने पर बादशाह ने उनसे पूछा–"कहो बीरबल, दावत कैसी रही। खाने में क्या-क्या बना था और भोजन कैसा था?"

बीरबल पकवानों के विषय में बता ही रहे थे कि बादशाह ने उन्हें किसी काम में लगा दिया और वह बात अधूरी ही रह गई।

कई सप्ताह बीत जाने के बाद बादशाह को याद आया कि दावत की बात तो अधूरी ही रह गई थी। तभी उन्होंने बीरबल से पूछा–"और क्या?"

बीरबल भी कम बुद्धिमान नहीं थे वे फौरन समझ गये कि बादशाह उस दावत की अधूरी वार्तालाप पूरी करने के लिए पूछ रहे हैं। बीरबल ने उत्तर देते हुए कहा–"और क्या? कढ़ी।"

बादशाह ने उसकी स्मरण-शक्ति की प्रबलता को देखकर बीरबल को अपने गले की मोतियों वाली माला उतारकर इनाम में दे दी।

दरबारी ने यह देखकर सोचा कि बादशाह को कढ़ी ज्यादा पसंद होगी तभी तो बादशाह ने उसे यह इनाम दिया है। यह सोचकर उसका भी मन इनाम लेने के लिए ललचाने लगा।

दूसरे दिन सभी दरबारियों ने स्वादिष्ट कढ़ी बनाकर बादशाह के सामने रख दी। बादशाह की समझ में न आने पर उन्होंने दरबारियों से इसका कारण पूछा। दरबारियों ने विनम्रतापूर्वक कहा–"आलीजहां! आपने बीरबल को कढ़ी सुनकर प्रसन्नता से

अपनी माला इनाम में दी थी। हम समझ गये कि आपको कढ़ी बहुत पसंद है। अतः हम आपके लिए कढ़ी लाये हैं।"

इस बेवकूफी पर बादशाह ने क्रोधित होते हुए उन्हें दरबार से बाहर निकल जाने की आज्ञा दी। दरबारियों ने बादशाह से माफी मांगी तो बादशाह ने उन्हें माफ करते हुए कहा–"बिना बात को समझे हुए किसी की नकल नहीं करनी चाहिए। तुम सभी प्रतिज्ञा करो कि आज के बाद तुम ऐसा नहीं करोगे।"

सभी दरबारियों की क्षमा याचना पर बादशाह ने उन्हें दण्ड से मुक्त कर दिया।

लेटना जरूरी

एक बार बीरबल ने बादशाह से कहा कि जो लोग खाकर लेट जा और मारकर भाग जा वाली कहावत अपनाते हैं वह बहुत सुखी रहते हैं।

अचानक ही एक दिन बादशाह को बीरबल की यह बात याद आई तो उन्होंने सोचा कि बीरबल खाना खाने के बाद लेटता जरूर होगा तभी तो उसने ऐसा कहा है। उसकी बात गलत साबित करने के इरादे से बादशाह ने एक नौकर को बुलाकर उससे कहा–"तुम बीरबल के पास जाकर उसे बुलाकर लाओ। वह जिस भी हालत में हो तुरन्त आ जाये।"

नौकर ने जब बीरबल को बादशाह का संदेश दिया और तुरन्त चलने के लिए कहा। बीरबल को समझते देर न लगी कि बादशाह ने उसे क्यों बुलाया है?

बीरबल कपड़े पहनकर उस नौकर के साथ ही चल दिया। कपड़े पहनते समय वह चुस्त पाजामा पहनने के लिए बिस्तर पर लेटा था।

बादशाह ने उसे देखकर पूछा–"क्यों बीरबल, आज भी तुम खाना-खाने के बाद लेटे थे या नहीं?"

बीरबल का उत्तर सुनकर बादशाह ने क्रोधित होते हुए उससे कहा कि तुमने हमारी आज्ञा की अवहेलना की है। हमने तुम्हें तुरन्त बुलाया था, फिर तुम लेटे क्यों? तुम दण्ड के अधिकारी हो अतः हम तुम्हें दण्ड देंगे।

"बादशाह सलामत! मैंने आपकी आज्ञा की अवहेलना नहीं की है। मुझे तो यह चुस्त पाजामा पहनने के लिए लेटना पड़ा था। मैं कपड़े पहनकर सीधा आपके पास ही आ रहा हूं।" बीरबल ने कहा।

बीरबल की चतुराई देखकर बादशाह मुस्करा दिये। ☐

हम चार मूर्ख

बादशाह हमेशा बीरबल से अजीब-अजीब काम करने के लिए कहते थे। एक दिन उन्होंने बीरबल से कहा कि वह चार मूर्ख ढूंढ़कर लाये। वे चारों ही एक से बढ़कर एक होने चाहिए। उन्होंने कहा कि बीरबल को मूर्ख ढूंढ़ने में परेशानी नहीं होगी क्यों कि पूरी दुनिया ही मूर्खों से भरी पड़ी है।

आदेश पाकर बीरबल मूर्खों को ढूंढ़ने निकल पड़े। थोड़ी दूर जाने पर उन्हें एक आदमी थाली में जोड़े और मिठाई ले जाता हुआ दिखाई दिया। बीरबल ने रोककर उसे पूछा कि वह ये सारा सामान लेकर कहां जा रहा है?

वह बोला–"भाई, मेरी पत्नी ने दूसरा आदमी पति बनाया है जिससे उसे पुत्र की प्राप्ति हुई है। मैं उसे यह सामान लेकर बधाई देने जा रहा हूं।"

बीरबल ने उसे मूर्ख समझकर अपने साथ ले लिया। आगे चलकर एक आदमी और दिखाई दिया जो देखने में मूर्ख लगता था। वह स्वयं घोड़ी पर बैठा था और सर पर बोझ रखा हुआ था।

बीरबल ने जब उससे इसका कारण पूछ तो वह बोला–"मेरी घोड़ी गर्भिणी है, इसलिए मैंने यह बोझ अपने सिर पर रखा है।"

बीरबल उन दोनों को साथ ले गया और बादशाह से बोला कि वह चारों मूर्ख ले आया है।

उनको देखकर बादशाह ने कहा–"यह तो दो ही हैं, बाकी दो कहाँ हैं?"

बीरबल ने उत्तर दिया–"जहांपनाह! बाकी दो यहीं उपस्थित हैं। दो मूर्ख तो ये हैं तीसरे आप जो मूर्खों को इकट्ठा कर रहे हैं और चौथा मैं जो मूर्खों को ढूंढ़कर ला रहा हूँ।"

बीरबल की बात सुनकर बादशाह अकबर हंसे बिना न रह सके।

बादशाह का तोता

एक बार बादशाह के दरबार में एक व्यक्ति तोता बेचने आया। उस तोते की नस्ल बहुत अच्छी थी और वह बोलने की कला में भी माहिर था। अकबर को वह तोता बहुत पसंद आया और उन्होंने उस तोते को खरीद लिया।

बादशाह ने उस तोते की देखरेख के लिए एक सेवक रख दिया और उससे कहा गया कि यदि तोते की सेवा में कोई भी कमी रह गई तो वह दण्ड का पात्र होगा।

कुछ दिनों तक तो सब ठीक प्रकार चलता रहा परन्तु कुछ समय बाद उस तोते की मृत्यु हो गई। उस सेवक को डर लगने लगा कि अब उसे दण्ड अवश्य मिलेगा। वह बादशाह को किस प्रकार तोते की मृत्यु वाली खबर दे। उसकी समझ में कुछ न आया तो वह बीरबल के पास जाकर उपाय पूछने लगा।

बीरबल ने कहा—"तुम निश्िंचत होकर घर जाओ। मैं स्वयं बादशाह को इसकी सूचना दे दूंगा।"

बीरबल बादशाह के पास जाकर बोला—"हुजूर, आपका वह तोता?"

बादशाह उतावले होकर बोले—"क्या हुआ तोते को? क्या वह मर गया?"

बीरबल ने कहा—"नहीं जहांपनाह, तोते ने समाधि लगा ली है। वह कुछ खा-पी नहीं रहा है। बस आंखें बंद करके समाधि में लीन है।"

बादशाह ने वहां जाकर देखा तो तोता मरा हुआ था। उन्होंने बीरबल से कहा—"यह तो मर गया है। तुमने इतनी बात घुमा फिरा

कर क्यों की। सीधा-सीधा कह देते।"

बीरबल ने कहा–"आलीजहां! यदि मैं आपको इसकी सूचना ठीक-ठीक दे देता तो आप मृत्यु दण्ड की सजा दे सकते थे।"

ऐसा सुनकर बादशाह को अपने कहे हुए वचन याद आ गये जो उन्होंने सेवक से कहे थे।

बादशाह समझ गये कि बीरबल ने तोते के सेवक की जान बचाने के लिए ऐसा कहा है। अतः उन्होंने सेवक को दण्ड मुक्त कर दिया।

❑

हिजड़े को जवाब मिला

बादशाह अकबर के यहां एक हिजड़ा था खोजा। वह भी बीरबल की भांति काफी बुद्धिमान था, किन्तु उसे अपनी बुद्धि पर कुछ ज्यादा ही घमण्ड था। इसलिए वह अपने आपको बीरबल से बढ़कर समझता था।

एक दिन उसने कहा कि यदि बीरबल उसके तीन सवालों का उत्तर दे दें तो वह जिंदगी-भर उनकी गुलामी करेगा। किन्तु यदि बीरबल उसके सवालों का उत्तर नहीं दे पाये तो उन्हें खोजा की गुलामी करनी होगी।

बीरबल ने इस चुनौती को स्वीकार किया तो उसने बादशाह के सामने उससे तीन प्रश्न पूछे–

1. धरती का मध्य कहां है?
2. आकाश में कितने तारे हैं?
3. दुनिया में कितने मर्द हैं?

खोजा के प्रश्नों को सुनकर सभी दरबारी चकित होकर सोचने लगे कि बीरबल इन प्रश्नों का उत्तर कैसे दे पायेगा?

बीरबल मुस्कराते हुए खोजा को देखकर बादशाह अकबर से बोला–"आलमपनाह! पहले सवाल का उत्तर है धरती का मध्य आपकी राजगद्दी से तीन कदम दाईं तरफ है, यदि खोजा को यकीन न हो तो वह नपवा सकता है।"

खोजा चुप रहा क्योंकि धरती नपवाना आसान काम तो नहीं था। बीरबल ने दूसरे सवाल का उत्तर दिया और कहा कि आकाश में उतने ही तारे हैं जितने कि सिर पर बाल होते हैं, खोजा गिनना चाहे तो अपने सिर के बाल मुंडवाकर गिन ले, दोनों बराबर ही

निकलेंगे। खोजा इस बार भी चुप रहा।

अब बाकी है तीसरा सवाल। तो जहांपनाह! हिजड़ों की वजह से मर्दों की गिनती नहीं हो पायेगी क्योंकि समझ में तो यह नहीं आता कि हिजड़े मर्दों की गिनती में आते हैं या नहीं। यदि दुनिया के सभी हिजड़ों को मरवा दिया जाये तभी मर्दों की संख्या का सही पता चल पायेगा।

बादशाह अकबर बीरबल के उत्तर सुनकर प्रसन्न हो गये और खोजा वहां से तुरन्त भाग गया।

❐

मनपसंद चीज

एक बार बादशाह अकबर का अपनी बेगम से किसी बात पर झगड़ा हो गया और उन्होंने नाराज होकर बेगम से कहा कि वह अपने मायके चली जाये। बेगम ने सोचा कि उन्होंने मायके जाने की बात नाराज होकर कही है। ऐसा सोचकर वह मायके नहीं गई।

बादशाह ने जब उन्हें वहीं देखा तो क्रोधित होने लगे और बोले–"तुम अब तक गई क्यों नहीं। सुबह होते ही अपने मायके चली जाना। यदि तुम्हारी कोई प्रिय वस्तु यहां हो तो उसे भी साथ ले जाना।"

बेगम साहिबा यह सुनकर बहुत दु:खी हुईं। उन्होंने बीरबल को बुलाकर अपनी समस्या बताई और उनसे इस समस्या का निवारण पूछा।

सारी बातें सुनकर बीरबल ने बेगम साहिबा से कहा कि बादशाह ने अपनी मनपसंद चीज ले जाने के लिए कहा है तो आप बादशाह को ही अपने साथ ले जाना क्योंकि उनसे प्रिय तो आपके लिए और कोई हो ही नहीं सकता।

बेगम बीरबल की बात को समझ गइड। रात्रि के समय उन्होंने बादशाह को दूध में नींद की गोलियां मिलाकर दे दीं। वह उन्हें नींद की अवस्था में पालकी में डालकर अपने साथ मायके ले आई। और उन्हें सुसज्जित शयनकक्ष में सुला दिया।

नींद खुलने पर बादशाह ने अपने आपको अनजान जगह पाकर पुकारा–"कोई है?"

यह सुनते ही बेगम साहिबा दौड़कर आई। उन्हें देखकर बादशाह तुरन्त समझ गये कि वे अपनी ससुराल में हैं। वे क्रोधित

होते हुए बेगम से बोले–"तुम हमें यहां क्यों ले आईं। हमने तो तुमसे तुम्हारी मनपसंद वस्तु ले जाने के लिए कहा था। तुमने यह गलती क्यों की?"

बेगम बोली–"मैं जानती हूं कि आपने मुझे क्या आज्ञा दी थी? परन्तु मेरी सबसे प्रिय वस्तु तो आप ही हैं, इसलिए मैं आपको ले आई।"

यह सुनकर बादशाह का गुस्सा जाता रहा। वे बेगम से बोले–"हो न हो परन्तु तुम्हें यह तरकीब बीरबल ने ही बताई होगी।"

बेगम हामी भरते हुए मुस्कराने लगीं।

❐

सर्वश्रेष्ठ शस्त्र

अकबर बादशाह की आदत बन गई थी कि वह दरबार में कोई न कोई सवाल पूछते रहते थे। एक बार उन्होंने सभी दरबारियों से पूछा कि कौन-सा शस्त्र सर्वश्रेष्ठ है?

सभी दरबारियों ने अपने-अपने विचार भिन्न-भिन्न उत्तर बताये। किसी ने तलवार, किसी ने भाला, किसी ने तोप तो किसी ने बरछे को सर्वश्रेष्ठ शस्त्र बताया। सब अपने-अपने उत्तर प्रस्तुत कर रहे थे किन्तु बीरबल चुप थे।

बीरबल को चुप बैठा देखकर बादशाह ने उससे कहा कि वह भी उत्तर बताये कि कौन-सा शस्त्र सर्वश्रेष्ठ है?

बीरबल ने उत्तर दिया-"जहांपनाह! सर्वश्रेष्ठ शस्त्र वह होता है जो आवश्यकता पड़ने पर हमारे काम आये।"

बीरबल का उत्तर सुनकर बादशाह ने पूछा कि-"वह कैसे?"

बीरबल बोला-"हुजूर, वक्त आने पर बताऊंगा।"

इस बात को बीते कई दिन हो गये। एक दिन बादशाह बीरबल के साथ जंगल में शिकार खेलने गये। बीरबल को वह प्रश्न आज भी याद था।

जंगल में पहुंचते ही एक पागल हाथी उनके सामने आ गया। वह शीघ्रता से बादशाह की तरफ बढ़ने लगा। बीरबल ने उसे मारने के लिए तलवार निकाली परन्तु हाथी को उससे कोई हानि नहीं पहुंचाई जो सकती थी और पीछे लौटना भी मुश्किल था। बादशाह कुछ सोच ही रहा था तभी उसकी दृष्टि कुत्ते के पिल्ले के ऊपर पड़ी। उसने बिना देर किये उस पिल्ले को उठाकर हाथी की तरफ उछाल दिया। पिल्ला डर के कारण हाथी की सूंड से लिपट गया।

हाथी भी इस प्रकार के प्रहार से डरकर पीछे की तरफ भागने लगा।

अकबर और बीरबल तुरन्त ही वहां से महल की तरफ चल दिये। रास्ते में बीरबल ने बादशाह से कहा–"जहांपनाह! मेरी बात आज सिद्ध हो गई कि आवश्यकता के समय जो काम आये वही शस्त्र सर्वश्रेष्ठ है। आज आपकी तलवार भी किसी काम न आ सकी। हमारी रक्षा इस छोटे से पिल्ले ने की। अकबर यह सुनकर मुस्करा दिये।"

देश की जमीन

एक दिन बादशाह अकबर दरबार में बैठे हुए दरबारियों से वार्तालाप कर रहे थे। उसी समय महल में से उनके लिए बुलावा आ गया।

बादशाह वहां जाने ही वाले थे तभी एक और बुलावा आ गया। जिन बेगम साहिबा ने उन्हें बुलाया था, उन्हें बादशाह बहुत अधिक प्यार करते थे। वह जैसे ही महल की तरफ जाने लगे उनकी नजर बीरबल के ऊपर पड़ी जो मुंह मोड़कर हंस रहा था। यह देख बादशाह क्रोधित हो गये और क्रोध में बोले—"बीरबल! तुम अभी इसी समय इस देश को छोड़कर चले जाओ। कभी यहां दोबारा पैर भी मत रखना अन्यथा हम तुम्हें मृत्युदण्ड दे देंगे।"

बीरबल आदेश पाकर बादशाह को सलाम करके वहां से चला गया। बीरबल से ईर्ष्या करने वाले दरबारी उसके जाने से बहुत प्रसन्न हुए किन्तु कुछ दरबारी परेशान हो गये।

बीरबल चला तो गया किन्तु दरबार के सभी कार्य अस्त-व्यस्त हो गये। कोई भी कार्य ठीक प्रकार न होने के कारण बादशाह को असुविधा होने लगी। उनका क्रोध तो शांत हो ही चुका था अत: वे बीरबल को वापिस बुलाने की तरकीब सोचने लगे।

बादशाह एक दिन महल की खिड़की से बाहर देख रहे थे तो उन्हें एक बैलगाड़ी में बैठा हुआ बीरबल दिखाई दिया। बादशाह ने सेवक को भेजकर बैलगाड़ी रुकवा ली और क्रोधित होकर बीरबल से कहा—"तुमने मेरे हुक्म की अवहेलना क्यों की?"

बीरबल नम्रतापूर्वक बोला—"मैंने आपके हुक्म की अवहेलना नहीं की महाराज। आपकी आज्ञा पाकर मैं दूसरे देश में गया और वहां की मिट्टी को इस बैलगाड़ी में बिछाकर ले आया। मैं तो अब इसी पर

रहता हूं और अपना शेष जीवन भी ऐसे ही व्यतीत कर दूंगा।"

बीरबल की यह वफादारी देख बादशाह उससे प्रसन्न हो गये। और उन्होंने उसे माफ करते हुए वापिस उसके पद पर बुला लिया।

सही पहचान

बादशाह अकबर वैसे तो विनोदी स्वभाव के थे किन्तु वे कभी-कभी भेष बदलकर बीरबल के साथ प्रजा का दुःख-सुख देखने नगर में घूमा करते थे।

एक दिन वह वेश बदलकर नगर में घूम रहे थे कि उन्हें एक भिखारिन खड़ी हुई दिखाई दी। उसका रूप बहुत ही घृणित था। कोई भी उसके हाथ का पानी भी नहीं पी सकता था, किन्तु वह गर्भवती थी।

उसकी ऐसी स्थिति देखकर बादशाह ने दुःखी मन से बीरबल से कहा—"देखो बीरबल, जिस औरत का रूप इतना घृणित है उसके साथ भी किसी ने रमण कर लिया।"

बीरबल बोला—"जहांपनाह! इस संसार में हर प्रवृत्ति का मनुष्य होता है जिसे जैसी आदत पड़ जाती है वह वैसा ही बन जाता है। कामांध मनुष्य जाति-कुजाति, रूप-कुरूप कुछ नहीं देखता। बहुत से लोग दिखाई तो बहुत सज्जन देते हैं किन्तु होते हैं बहुत पापी।"

यह सुनकर बादशाह ने कहा—"बीरबल क्या तुम पता लगा सकते हो कि इसके साथ ऐसा दुर्व्यवहार किसने किया है?"

बीरबल ने यह कहते हुए कि थोड़ा इधर-उधर घूमने पर पता चल जाएगा वे दोनों वहीं कुछ दूरी पर खड़े होकर उस भिखारिन पर नजर रखने लगे। कुछ समय बाद एक व्यक्ति वहां आया तो बीरबल ने उस पर अपना शक जाहिर किया।

बादशाह ने कहा—"तुम ऐसा कैसे कह सकते हो?"

बीरबल ने अनजान बने रहकर सब कुछ इशारा करके झटपट वहां से चला गया। उस आदमी के जाते ही वह औरत भी चली गई

तो उन्हें विश्वास हो गया कि यही व्यक्ति है जिसने इस औरत के साथ ऐसा किया है।

बीरबल ने कहा–"जहांपनाह! जब हम खड़े थे तब वह पुरुष दूर से आ रहा था। उसके पास खाने के लिए तम्बाकू तो था लेकिन चूना नहीं था। वह उसके लिए इधर-उधर देख रहा था। देखते-देखते उसकी नजर संडास पर लगे हुए चूने पर गई। उसने उंगली से संडास को खुरचकर चूना तम्बाकू में मिला लिया। जो आदमी ऐसी गंदी जगह से चूना ले सकता है, उसे और किस बात से घृणा होगी?"

इसलिए मैंने उसे पहचान लिया। बादशाह, बीरबल की दूरदर्शिता पर अत्यन्त प्रसन्न हुए।

❒

पढ़ने वाला गधा

बीरबल बहुत बुद्धिमान, चतुर और हाजिरजवाब व्यक्ति थे। अत: वे बादशाह के प्रिय रत्नों में से एक थे। अपनी बुद्धिमत्ता के कारण वे सभी जगह प्रसिद्ध हो गये थे।

एक दिन वह बादशाह अकबर के साथ दरबार में बैठे हुए थे कि तभी एक गधा दरबार में पेश किया गया। उसका अपराध ये था कि उसे टैक्स चोरों से जप्त की गई चीजों में लाया गया था।

बीरबल ने बादशाह को खुश करने के विचार से उस गधे की तारीफ करते हुए कहा कि यह चेहरे से बहुत बुद्धिमान दिखाई देता है। यदि इसे पढ़ना-लिखना सिखाया जाये तो यह बहुत जल्दी सीख जायेगा।

बादशाह ने बीरबल की बात पकड़ते हुए सेवक को कहा कि वह इसे गधे की रस्सी पकड़ा दे। फिर बीरबल से बोले–"बीरबल, इसे ले जाओ। मैं तुम्हें एक महीने का समय देता हूं। इसे पढ़ा-लिखा कर वापिस लाना।" बीरबल सारी बात समझते हुए उस गधे को लेकर चले गये और एक महीने बाद गधे को रस्सी से बांधे दरबार में उपस्थित हुआ। उसे देख। बादशाह ने बीरबल से पूछा और कहा–"बीरबल, क्या पढ़ना-लिखना सीख गया यह गधा?"

बीरबल ने हां में सिर हिलाते हुए एक मोटी पोथी गधे के सामने रख दी। गधा जीभ से पन्ने पलटता गया और तीसवें पन्ने पर जाकर रेंगने लगा। यह देख सभी चकित हो गये।

बादशाह ने इस चमत्कार के बारे में पूछा।

बीरबल शान से बोले–"आलीजहां! पहले मैंने रोज मुट्ठी-भर घास पोथी की जिल्द और पहले पन्ने के नीचे रख दी। फिर दूसरे दिन दूसरे पन्ने पर रखकर पोथी बन्द कर दी। गधे ने उसे खोला और

घास खा ली। फिर नियम से रोजाना इसी तरह पन्ने पलट-पलट कर घास रखता गया। जहां भी घास न मिलती गधा रेंकने लगता।"

यह सुनकर बादशाह हंस दिये।

फिर क्या हुआ ?

बादशाह अकबर जैसे-जैसे वृद्धावस्था की तरफ जा रहे थे वैसे-वैसे उनकी नींद भी कम होती जा रही थी। बादशाह इस बात से परेशान थे, अत: उन्होंने जिद पकड़ ली। बीरबल हमें रोज रात को कहानियाँ सुनाया करेंगे।

बीरबल बेचारा मरता क्या न करता। उसे भी बादशाह के साथ सारी रात जागना पड़ा। कभी वह कहानी सुनाता और कभी खुद सुनता।

बीरबल सारे दिन तो दरबार के कार्यों में व्यस्त रहता और रात को उसे बादशाह के सामने कहानियों का बखान करना पड़ता। उसने सोचा कि मुझे कोई ऐसी तरकीब खोजनी होगी जिससे बादशाह स्वयं ही कहानी सुननी बंद कर दें।

फिर एक रात बीरबल ने कहानी शुरू की।

"एक बार एक सेठ ने कोठरी तैयार करवाई जिसमें वह अपने अनाज का गल्ला रखता था किन्तु उस कोठरी को बनाते समय उसमें एक छोटा-सा छेद रह गया। वह छेद इतना बड़ा था कि चिड़िया उसमें सरलता से आ-जा सकती थी। उस छेद पर चिड़िया की नजर पड़ गई। उसने चोंच से अनाज का दाना निकाला और फुर्र से उड़ गई।"

बादशाह ने अधूरी नींद में जागकर कहा-"फिर क्या हुआ?"

"फिर दूसरी चिड़िया आई और दाना लेकर उड़ गई।"

"फिर क्या हुआ?" बादशाह ने पूछा।

"फिर तीसरी आई और दाना लेकर फुर्र से उड़ गई।" बीरबल बोला।

इस तरह जब चिड़ियों की संख्या पच्चीस पर पहुँच गई तो बादशाह ने परेशान होकर कहा–"यह क्या फुर्र-फुर्र करके चिड़ियों को उड़ा रहे हो, आगे भी तो बताओ क्या हुआ?"

बीरबल मुस्कराते हुए बोला–"जहांपनाह! अभी तो हजारों चिड़ियात्र इसी तरह आयेंगी और दाना लेकर फुर्र हो जायेंगी।"

इतना सुनते ही बादशाह को हंसी आ गयी। वह बीरबल से बोले–"बहुत अच्छा उपाय सोचा तुमने बीरबल अपनी जान छुड़ाने का। मैं मानता हूं कि तुमने इतनी बेकार कहानी सुनायी कि मुझे नींद आने लगी। अब जाओ यहां से।"

यह सुनकर बीरबल तुरन्त ही अपने घर की तरफ चल दिये। बीरबल तो यही चाहते थे।

❒

अप्सरा और पिशाचिनी

बादशाह अकबर की इच्छा हुई कि वे अप्सरा और पिशाचिनी दोनों को एक साथ देखें। बीरबल के दरबार में आते ही बादशाह ने अपनी इच्छा को उनके सामने प्रकट किया क्योंकि वे जानते थे कि उनकी ये इच्छा बीरबल ही पूरी कर सकते हैं।

बीरबल 'जो आज्ञा' कहकर अपने घर चले गये। संध्या के समय वह एक वेश्या के पास गये और उससे अगले दिन दरबार में चलने के लिए कह दिया। प्रातःकाल वेश्या बीरबल के घर जा पहुंची। बीरबल अपनी पत्नी और उस वेश्या को दरबार में ले जाकर बादशाह से बोले–"जहांपनाह! यह स्वर्ग की अप्सरा है जिसकी सेवाओं के कारण मुझे दिव्य विश्राम और सुख मिला है।" उन्होंने अपनी पत्नी की तरफ इशारा किया।

बादशाह उसकी पत्नी को देखकर बोले–"यह कैसे सम्भव हो सकता है? शास्त्रों में लिखा गया है कि अप्सरायें तो बहुत सुन्दर और आकर्षक होती हैं जबकि यह तो बहुत ही सरल, सामान्य, दुर्बल औीर साधारण वस्त्र धारण किये है।"

बीरबल ने उत्तर दिया–"आलीजहां! जिसके अन्दर गुणों का भण्डार होता है वही परम सुन्दर है। इस स्त्री के साथ रहने पर मुझे स्वर्गीय आनन्द की अनुभूति हुई, अतः यही अप्सरा है।"

ऐसा कहकर बादशाह के सामने उस वेश्या को बुलाया गया जो परम सुन्दर थी। उसने आकर्षक वस्त्र धारण किये हुए थे। जिसका मुख चाँद की भांति चमक रहा था। उसने सुसज्जित आभूषण भी पहने हुए थे।

बादशाह ने उसे देखा तो वे उसकी सुन्दरता की प्रशंसा किये बिना नहीं रह सके।

अब बीरबल बोला—"हुजूर। यह ऐसी पिशाचिनी है कि जिसके भी साथ लग जाये उसका तो सर्वनाश निश्चित है। इसका मारा हुआ तो पानी भी नहीं मांगता।"

यह सुनकर बादशाह बीरबल के व्याख्यान का अर्थ समझ गये। उनकी आंखें खुल चुकी थीं और वे अप्सरा और पिशाचिनी में अन्तर भी समझ गये थे।

पैर पसारो चादर देख

बादशाह अकबर दरबार में बैठे हुए बीरबल के आने की प्रतीक्षा कर रहे थे। इस समय को उचित अवसर समझ बीरबल से ईर्ष्या करने वाले दरबारियों ने बादशाह से कहा कि वे उनसे ज्यादा बीरबल को मानते हैं। उनके सामने आये हुए को ही इतनी इज्जत दी जाती है। इस बात से हमें अपना अपमान महसूस होता है।

बादशाह बोले–"तुम लोग गलत सोचते हो। मैं तो बीरबल को उसकी बुद्धिमानी और चतुराई के लिए पसंद करता हूँ। उसके समान कोई दूसरा चतुर है ही नहीं, इसलिए मैं सभी बातें उसी से पूछता हूँ। यदि तुम लोगों को लगता है कि तुम उससे ज्यादा बुद्धिमान हो तो मेरे प्रश्न का उत्तर देना। जो सफल होगा उसे बीरबल का पद दिया जायेगा।"

यह कहकर बादशाह ने दो हाथ लम्बी दुलाई दरबार में मंगवाई और दरबारियों से कहा कि मैं लेट जाता हूँ और तुम सभी बारी-बारी से इस दुलाई से मेरा शरीर ढकना किन्तु मेरे शरीर का कोई भी हिस्सा खुला न रहे।

बादशाह के हुक्म से सबने उनका शरीर ढकने की कोशिश की किन्तु कोई भी यह काम न कर सका। फिर बीरबल को बुलाया गया और उसे सब बातें बताकर दुलाई से शरीर ढकने के लिए कहा गया।

बादशाह के लेटने पर बीरबल ने देखा कि दुलाई तो बहुत छोटी है, अतः उसने बादशह से पैर सिकोड़ने के लिए कहा। पैर सिकुड़ने से बादशाह का पूरा शरीर दुलाई से ढक गया। यह करने के बाद उसने बादशाह से कहा–"उतने पाँव पसारिये जितनी लंबी सोर।"

यह सुनकर उन्होंने सभी दरबारियों से कहा–"देखी आपने बीरबल की बुद्धिमानी।" यह देख सभी दरबारी शर्मिंदा हो गये। ❒

झूठा अभियोग

रामदास और श्यामदास गहरे मित्र थे। एक बार की बात है रामदास को सपना दिखाई दिया कि उसने श्यामदास से सौ रुपये उधार लिये हैं। प्रात:काल निद्रा से जागने पर उसने अपने स्वप्न के विषय में अन्य मित्रों से चर्चा की। बात कुछ इस तरह से फैल गयी कि श्यामदास के कानों तक जा पहुँची।

यह सुनकर श्यामदास के मन में लालच आ गया। वह रामदास के पास जाकर अपने सौ रुपये मांगने लगा। बेचारा रामदास तो बहुत निर्धन व्यक्ति था। वह इतना सुनकर घबरा गया और श्यामदास से बोला–"कौन से सौ रुपये?"

श्यामदास गुस्से में भड़कता हुआ बोला–"वही सौ रुपये जिनको लेना तुमने दर्जनों लोगों के सामने स्वीकार किया है।"

रामदास बोला, किन्तु वह तो स्वप्न की बात थी।

श्यामदास कहने लगा–"बात चाहे हकीकत की हो या फिर स्वप्न की। उधार तो उधार ही होता है। इस बात की गवाही वो सभी दे सकते हैं जिनके सामने तुमने यह बात स्वीकार की है। चुपचाप सौ रुपये दे दो वरना मैं बादशाह से शिकायत करूंगा।"

रामदास तो इतना गरीब था कि उसने सौ रुपये सिर्फ सपने में ही देखे थे। वह इतने रुपये कहां से देता। अत: यह मामला बादशाह के दरबार में गया। सारी बातें सुनकर, गवाही सुनकर बादशाह ने स्वयं को न्याय करने में असमर्थ पाया तो उन्होंने यह मामला बीरबल को सौंप दिया।

सारी बात समझकर बीरबल ने सौ रुपयों की थैली को आईने के सामने ऐसे रखा जिससे उस थैली का प्रतिबिम्ब दर्पण में आ

जाये। फिर श्यामदास से बीरबल बोले–"अब तुम अपने रुपये उठा लो।"

श्यामदास यह देखकर बोला कि दर्पण में दिखने वाले रुपयों को कैसे उठाया जा सकता है?

बीरबल बोले–ठीक वैसे ही उठाया जा सकता है जैसे स्वप्न में रुपये उधार लिये जा सकते हैं। तुमने सभी का समय इस झूठे मामले में बर्बाद किया है, अतः तुम्हें दस रुपये जुर्माना देना होगा।

बीरबल के न्याय से सभी संतुष्ट हो गये।

उसी तरह भक्त प्यारे

बीरबल हिन्दू धर्म के होने के साथ-साथ बुद्धिमानी पुरुष भी थे। एक दिन बादशाह अकबर को हिन्दू धर्म के विषय में जानने की जिज्ञासा हुई तो उन्होंने इस विषय में बीरबल से बात की।

बीरबल से बादशाह ने बताया–"तुम्हारे धार्मिक ग्रन्थों में यह लिखा है कि श्रीकृष्ण जी हाथी की गुहार सुनकर बिना किसी नौकर और सवारी को लिये पैदल ही उसकी सहायता हेतु दौड़ पड़े थे। मैं यह जानना चाहता हूँ कि इसका क्या कारण था?"

बीरबल ने कहा कि इसका उत्तर वह समय आने पर ही देंगे।

कुछ दिन बीत जाने के पश्चात् बीरबल ने एक नौकर को बादशाह के पोते की शक्ल की मोम वाली मूर्ति बनाने के लिए दी। मूर्ति को उन्होंने गहने-कपड़ों से सुसज्जित कर दिया जिसे दूर से देखने पर वह शहजादा ही मालूम होता था।

बीरबल ने नौकर को समझाते हुए कहा कि तुम बादशाह के पोते के पुतले को उनके सामने जाते हुए टहलना और कुण्ड के पास फिसलते हुए मूर्ति को पानी में गिरा देना। तुम यदि इस कार्य में सफल रहे तो तुम्हें उचित इनाम दिया जायेगा।

नौकर ने बीरबल के कथनानुसार वैसा ही किया। यह देख बादशाह अपने पोते को बचाने के लिए कुण्ड में कूद पड़े। कुछ देर बाद वह उस मोम की मूर्ति को लेकर बाहर आये तो देखा कि यह तो उनके पोते का पुतला है। बीरबल यह देखकर उनके पास जाकर बोला–"जहांपनाह! आपके भी तो इतने नौकर और सवारियां हैं फिर आप पैदल ही क्यों दौड़ पड़े?"

वह आगे बोला–"जिस तरह आपको अपना पोता प्यारा है उसी तरह श्रीकृष्ण जी को अपने भक्त अति प्रिय हैं। इसलिए वे उनकी पुकार पर दौड़े चले जाते हैं।"

बीरबल का उत्तर सुनकर बादशाह प्रसन्न हो गए।

अमीर-गरीब

बादशाह अकबर बीरबल से भिन्न-भिन्न प्रकार के प्रश्न पूछा करते थे। उन प्रश्नों में से कुछ ऐसे प्रश्न होते थे, जिन्हें बीरबल की बुद्धि की परीक्षा लेने के लिए पूछते। वह ये देखना चाहते थे कि बीरबल कितना चतुर है?

एक दिन बादशाह ने बीरबल से पूछा–"बीरबल इस संसार में कहीं भी समानता क्यों नहीं है? कहीं अमीर मिलते हैं तो कहीं गरीब। ईश्वर ही सबके पालनकर्ता हैं। वे ही परमपिता हैं। इस संसार में जीवन-यापन करने वाला प्रत्येक आदमी उनका पुत्र है। ऐसा होने पर भी ईश्वर किसी को तो सुख, वैभव, समृद्धि देता है और किसी को एक समय के लिए भरपूर भोजन भी प्राप्त नहीं होता।"

"आलमपनाह! यदि ईश्वर सबको समान रूप से दे तो वह इस संसार को कैसे चलायेगा? इस संसार को चलाने वाले पाँच पिता माने गये हैं। देखा जाए तो आप भी पिता हैं। आप बादशाह हैं, प्रजा को चलाते हैं, इस नाते आप अपनी प्रजा के पिता हुए। यहां कार्य करने वाला प्रत्येक आदमी पूरी मेहनत और लगन से अपना-अपना कार्य सम्पन्न करते हैं फिर आप सबको समान वेतन क्यों नहीं देते?" बीरबल ने बादशाह से पूछते हुए कहा।

बादशाह कोई उत्तर न देकर सोच में पड़ गये।

बादशाह को गहरी सोच में डूबा हुआ देखकर बोला–"जो मनुष्य जितना कार्य करता है उसको उसी के हिसाब से उतनी ही मजदूरी प्राप्त होती है। और इसी प्रकार इस दुनिया का चक्र चलता रहता है। यदि ऐसा न हो तो दुनिया कैसे चल पायेगी?"

इसी तरह ईश्वर भी न्याय करते हैं। ईश्वर कभी नहीं चाहते कि उनके भक्तजन दुःख और परेशानियों का सामना करें।

जो मनुष्य कठिनाइयों से घिरे होते हैं ईश्वर तो उनकी कठिनाइयां दूर करते हैं। ईश्वर उन व्यक्तियों को दण्ड देते हैं जो उनकी बात नहीं मानते। यदि कोई मनुष्य अच्छा कार्य करता है तो उसे उसका परिणाम भी अच्छा ही प्राप्त होता है। जो मेहनत और लगन से कार्य करते हैं उन्हें उतना ही धन प्राप्त होता है और वह धनवान बन जाते हैं। इसके विपरीत जो मनुष्य आलसी प्रवृत्ति के होते हैं, कार्य करने के इच्छुक नहीं होते वो गरीब ही बने रहते हैं क्योंकि प्रकृति का तो नियम ही है–"जैसी करनी वैसी भरनी।" और फिर हम ईश्वर को दोषी ठहराते हैं। भला इसमें ईश्वर का क्या दोष है?

न यहां और न वहां

बादशाह अकबर बीरबल को उसकी बुद्धिमानी और चतुराई के कारण अत्यन्त प्यार करते थे और उनकी बात-बात में प्रंशसा भी करते रहते थे। इसका परिणाम यह हुआ कि अन्य दरबारियों के हृदय में बीरबल के प्रति द्वेष भावना जागृत हो गई।

एक दिन बादशाह से कहा कि वे सभी कार्य बीरबल को ही सौंपते हैं, शायद उन्हें दरबारियों पर भरोसा नहीं है।

यह सुनकर बादशाह समझ गये कि वे द्वेष भावना के कारण ऐसा कह रहे हैं। उन्होंने दरबारियों से कहा–"यदि ऐसी बात है तो मैं तुम्हें एक कार्य सौंपता हूँ। मैं तुम्हें तीन रुपये दे रहा हूँ। तुम तीन रूपयों में तीन चीज ही लाना। हर चीज की कीमत एक रुपया ही होनी चाहिए। पहली चीज यहां की हो, दूसरी वहां की हो और तीसरी चीज न तो यहां की हो और न वहां की।"

दरबारी तीन रुपये लेकर बाजार में एक दुकानदार के पास जाकर बोला कि उसे ऐसी तीन चीजें चाहिए। दुकानदार ने हंसकर कहा–"यह चीजें तो तुम्हें कहीं भी नहीं मिलेंगी।"

दरबारियों ने बहुत कोशिश की परन्तु वे ये तीन चीजें लाने में असफल रहे। तब उन्होंने आकर बादशाह से कहा कि ये तीनों चीजें कहीं भी नहीं मिल सकतीं। यदि बीरबल ला सके तो हम उनकी बुद्धिमानी को मान जायेंगे।

अकबर ने बीरबल को बुलाकर वे तीनों चीजें लाने का कार्य सौंप दिया।

अगले दिन प्रात:काल बीरबल के दरबार में आने पर बादशाह ने उन तीनों चीजों के विषय में पूछा कि बीरबल वे तीनों चीजें लाये

हो अथवा नहीं।

बीरबल ने कहा–"जी हां, जहांपनाह! पहला रुपया तो मैंने एक फकीर को दे दिया जो वहां से भगवान के पास जा पहुंचा। दूसरा मिठाई में खर्च कर दिया जो यहां काम आ गया और तीसरे से मैंने जुआ खेल लिया जो न यहां काम आयेगा न वहां।"

बीरबल का उत्तर सुनकर सभी दरबारी चकित हो गये।

दोबारा गांव बसा दिए

बादशाह अकबर को शिकार खेलने का बहुत शौक था। उन्होंने शिकार के लिए एक जंगल सुरक्षित कर रखा था जिसके चारों ओर शाही नौकर पहरा देते थे। इस कारण उस जंगल में बादशाह के अलावा कोई और शिकार करने के लिए नहीं जा सकता था।

एक दिन बादशाह शिकार खेलने जंगल में गये। बीरबल भी उनके साथ थे। जंगल में बादशाह ने देखा कि उल्लुओं के दो दल अलग-अलग पेड़ पर प्रतिद्वन्द्वी बने बैठे थे। इनमें एक-एक उल्लू अपनी-अपनी बारी में खोल से निकलकर बाहर आता और लड़कर फिर वापिस चला जाता। इस लड़ाई को देखकर बादशाह आश्चर्यचकित होते हुए बीरबल से पूछने लगे कि बीरबल तुम्हें तो पशु-पक्षियों की भाषा का ज्ञान है। क्या तुम बता सकते हो कि इन उल्लुओं में किस कारण युद्ध हो रहा है?

बीरबल बोला—"जहांपनाह! इसका उत्तर थोड़ा कड़वा है। कहीं ऐसा न हो कि आप उत्तर सुनकर नाराज हो जायें।"

बादशाह ने कहा कि वह नाराज नहीं होंगे। तुम हमें उत्तर बताओ। यह सुनकर बीरबल बोला—"आलीजहां! इनमें एक पक्ष लड़के की तरफ से है और एक पक्ष लड़की की तरफ से है। दोनों के बीच दहेज को लेकर विवाद चल रहा है। लड़के का पिता कह रहा है कि वह लड़की को तभी ले जायेगा जब उसे दहेज में चालीस जंगल दिये जायेंगे। लड़की का पिता प्रार्थना कर रहा है कि इस समय उसके पास इतने जंगल नहीं हैं। जब होंगे तो वे उन्हें दे देंगे। लड़के का पिता कह रहा है कि अब तो है नहीं, बाद में कहां से आयेंगे। लड़की के पिता ने यह बताया कि हमारे बादशाह को

शिकार खेलने का बहुत शौक है। आगे चलकर वह गांवों को उजाड़कर नये जंगलों की बढ़ोत्तरी करेंगे तब मैं तुम्हें चालीस जंगल दे दूंगा। इसी बात को लेकर ये आपस में लड़ रहे हैं। "बीरबल ने बादशाह को समझाते हुए कहा।"

बीरबल की बातें सुनकर बादशाह का मन पलट गया और उन्होंने शिकार के जितने गांव उजाड़े थे, उन्हें फिर से बसवा दिया।

तिनके के सहारे

एक दिन ग्रीष्मकाल में बहुत ज्यादा गर्मी पड़ रही थी, अत: बादशाह अपने कुछ दरबारियों के साथ नौका विहार के लिए गये। नदी के बीचोंबीच पहुंचते ही बादशाह को व्यंग करने की सूझी। बीरबल तो उनके साथ थे ही।

बादशाह ने एक तिनका उठाया और बोले–"मैं उस व्यक्ति को एक दिन के लिए बादशाह बना दूंगा जो इस तिनके के सहारे नदी पार कर लेगा, यह सुनकर दरबारी एक-दूसरे का मुंह देखने लगे। तभी बीरबल बोला–"यह कार्य मैं कर तो दूंगा किन्तु पहले आप मुझे बादशाह बनाइये।" बीरबल की बात को स्वीकारते हुए बादशाह ने बीरबल को एक दिन के लिए बादशाह बनाकर राज-पाट, महल, अंगरक्षक सभी सौंप दिये और यह भी कह दिया कि यदि वह सफल नहीं हो पाये नदी पार करने में तो उन्हें मृत्युदण्ड मिलेगा।

यह कहते हुए वह तिनका बादशाह ने बीरबल के हाथ पर रख दिया। बीरबल ने नदी में कूदने से पहले अंगरक्षकों से कहा कि इस समय मैं राजा हूँ। तुम अपने कर्तव्य का पालन करो।

इतना सुनकर अंगरक्षकों ने बीरबल को पकड़ते हुए कहा कि आप हमारे राजा हैं और हम आपको जान गंवाने वाला कार्य नहीं करने देंगे। बीरबल उन्हें समझाते रहे किन्तु वे नहीं माने। इतने में नौका दूसरे किनारे पर पहुँच गई। अब बादशाह बोले कि बीरबल तुम हार गये हो।

बीरबल ने कहा–"जहांपनाह! मैं हारा कहां हूँ? इस तिनके के सहारे ही तो मैंने नदी पार की है। यदि यह मेरे पास न होता तो अंगरक्षक मुझे नदी में कूदने से क्यों रोकते? मैं तो डूब ही जाता।"

यह सुनकर बादशाह ने हंसते हुए कहा कि तुमसे जीतना वाकई बहुत मुश्किल है।

बड़ा कौन

बादशाह अकबर दरबार में बैठे थे कि हमेशा की तरह उनके दिमाग में एक प्रश्न उठा। उन्होंने यह प्रश्न दरबारियों से किया कि सबसे बड़ा कौन है?

दरबार में उपस्थित सभी दरबारियों ने अलग-अलग उत्तर दिया। किसी ने ऊंट को बड़ा बताया तो किसी ने हाथी को और भी न जाने किस-किस चीज को सबसे बड़ा बताया। तभी बीरबल जो बहुत देर से बैठा सुन रहा था, बोला-"आलीजहां! एक छोटा मासूम-सा गोद में बैठा हुआ बालक ही सबसे बड़ा होता है।" यह सुनकर सभी दरबारी बीरबल के ऊपर हंस दिये।

अकबर भी हंस कर बोले-"यह कैसे सम्भव हो सकता है? वह छोटा-सा बच्चा जो अपने मां-बाप पर निर्भर होता है वह बड़ा कैसे हो सकता है?"

बीरबल बोला-"हुजूर! मैं अपनी बात सिद्ध कर दूंगा।"

अगले दिन प्रात:काल के समय बीरबल एक छोटे से बच्चे को गोद में उठाये दरबार में उपस्थित हुआ। बीरबल ने बादशाह के पूछने पर उस बच्चे को अपने किसी रिश्तेदार को बच्चा बताया और उसे बादशाह की गोद में बैठा दिया।

अकबर उस बच्चे को बड़े प्यार से खिलाने लगे। कुछ देर खेलते रहने के बाद उस बच्चे ने बादशाह की मूंछें खींचनी शुरू कर दीं। यह देखते ही बीरबल ने बादशाह से कहा-"आलमपनाह! मैंने कहा था न कि एक छोटा-सा बच्चा सबसे बड़ा होता है। इस बच्चे ने आपकी मूंछों पर हाथ डाल दिया और किसी में है हिम्मत।"

बीरबल की बात से वह सहमत होकर मुस्कराने लगे।

ब्राह्मण की इच्छा

दिल्ली शहर में एक ब्राह्मण रहता था। वह बहुत गरीब और अनपढ़ था। अपनी जीविका वह मांग कर चलाता था। उस ब्राह्मण की इच्छा थी कि लोग उसे पंडित जी कहकर पुकारें किन्तु वह अनपढ़ था, इसलिए उसे कोई भी पंडित जी नहीं कहता था।

एक दिन भिक्षा मांगते हुए उसकी भेंट बीरबल से हुई। उसने अपनी इच्छा के विषय में बताया तो बीरबल ने उसे सांत्वना देते हुए कहा कि वे उसकी इच्छा अवश्य पूरी करेंगे। वह उस ब्राह्मण से बोले कि जैसा मैं तुमसे करने के लिए कहूं तुम वैसा ही करना। तुम्हें जब भी कोई पंडित जी कहे तो तुम उसे पत्थर मारकर धमकाना और मारने के लिए पीछे दौड़ना।

इतना कहकर बीरबल ने देखा कि पास में कुछ बच्चे खेल रहे हैं। वह उनके पास गया और बोला–"सुनो बच्चो, उस धोती वाले आदमी को देख रहे हो। उसे काई पंडित जी कहता है तो वह बहुत चिढ़ता है।"

इतना सुनते ही बच्चे उस ब्राह्मण को चिढ़ाने के लिए पंडित जी पंडित जी चिल्लाने लगे। ब्राह्मण यह सुनकर उनके पीछे दौड़ा। उन बच्चों की देखा-देखी और लोगों ने भी उसे पंडित जी कहकर चिढ़ाना शुरू कर दिया। वह ब्राह्मण उन्हें मारता और धमकाता। धीरे-धीरे यह बात सभी जगह फैल गई कि ब्राह्मण को पंडित जी कहो तो वह चिढ़ता है। कुछ दिन बीत जाने पर बीरबल ब्राह्मण से मिला और उससे बोला–"अब आप किसी के भी पंडित जी कहने पर उसे मारना या धमकाना नहीं। अब सभी आपको पंडित जी कहकर पुकारेंगे।"

ब्राह्मण ने तो बीरबल की बात मानकर सब को मारना-धमकाना छोड़ दिया किन्तु उन लोगों ने उसे पंडित जी कहना नहीं छोड़ा।

इस तरह बीरबल की तरकीब से ब्राह्मण की इच्छा पूरी हो गई।

वफा-बेवफा

एक दिन बादशाह दरबार में बैठे हुए थे। उन्होंने बीरबल को बुलाया और उससे कहा कि तुम दो ऐसे जीवधारी को हमारे पास लाओ जो एक तो वफादार हो। जिस पर उपकार किया जाये तो वह उस उपकार को मानता हो और एक ऐसा हो जो बेवफा हो यानि उपकार करने वाले का ही निरादर करता हो।

बीरबल ने जी-हुजूर कहा और अपने घर चला गया। काफी सोच-विचार करने के बाद वह अगले दिन दरबार में एक कुत्ते और अपने दामाद को बादशाह के सामने ले गया।

बीरबल बोला–"जहांपनाह! आपके कथनानुसार मैं ऐसे दो जीवधारी ले आया हूँ जिनमें दोनों ही गुण हैं।"

बादशाह बोले–"बीरबल, हमें इन दोनों के गुणों के बारे में जानकारी दो।"

यह सुनकर बीरबल ने कहा–"आलीजहां! यह एक कुत्ता है। यह अपने से दी हुई रोटी ही खाता है किन्तु फिर भी यह अपने मालिक के प्रति वफादार है। जब भी इसके मालिक पर कोई मुसीबत आती है तो यह उनकी रक्षा करने के लिए अपने आपको परेशानी में डाल देता है किन्तु मालिक को खतरे से बचाता है। मारपीट करके यदि घर से निकाल भी दो तो जरूरत होने पर यह दौड़ा चला आता है।"

फिर बीरबल अपने दामाद की ओर मुड़ते हुए बादशाह से बोले–"बादशाह सलामत! अब आप इसके बारे में जानिये। यह दामाद है। लड़की का पिता इसे चाहे अपना सब कुछ दे दे, किन्तु इसे चैन नहीं पड़ता, इसकी मांगें बढ़ती ही जाती हैं।"

बादशाह ने गुस्से से कहा कि दामाद को फांसी लगा दी जाये तो बीरबल घबरा गया। उसने कहा कि वह सिर्फ अपने दामाद को ही नहीं सभी दामादों को कह रहा था। क्या ऐसी बात में मेरे दामाद को सजा देना ठीक है और फिर आप भी तो किसी के दामाद हैं।

यह सुनकर बादशाह को अपनी गलती का एहसास हुआ और उन्होंने अपना हुक्म वापिस ले लिया।

मुल्ला की शर्मिन्दगी

वैसे तो बादशाह अकबर बीरबल के प्रत्येक काम के लिए उसकी प्रशंसा करते रहते थे किन्तु एक दिन उन्होंने उसकी पगड़ी बांधने की तारीफ कर दी। उस समय दरबार में उनका लाड़ला एक सरदार था। जिसका नाम मुल्ला दो-प्याजा था। उसे बीरबल की तारीफ अच्छी नहीं लगी। अत: उसने चिढ़ते हुए कहा कि इसमें भी कोई बड़ी बात है। मैं बीरबल से भी अच्छी पगड़ी बांध सकता हूँ।

बादशाह ने एक दिन उससे पगड़ी बांधने के लिए कहा और दरबार से उठकर महल में चले गये।

अगले दिन मुल्ला दो-प्याजा पगड़ी बांधकर खुश होता हुआ, आकर दरबार में बैठ गया। अब जो भी उसकी पगड़ी देखता वही तारीफ करता। बादशाह अकबर भी बीरबल के साथ दरबार में आये और मुल्ला की पगड़ी देखकर तारीफ करते हुए बोले कि यह पगड़ी तो वास्तव में बीरबल की पगड़ी से अच्छी बंधी है।

यह सुनकर बीरबल ने बताया कि यह पगड़ी मुल्लाजीने स्वयं नहीं बांधी है। यह झूठी तारीफ करवा रहे हैं। असली हकदार तो इनकी पत्नी है। उन्होंने ही इनकी पगड़ी बांधी है। यदि यह बात गलत हो तो मुल्ला जी अपनी पगड़ी खोल कर बादशाह के सामने दोबारा बांधें। बादशाह के आदेश पर मुल्ला जी ने पगड़ी खोल तो दी किन्तु बिना दर्पण में देखे वह पगड़ी दोबारा से नहीं बांध सके।

वह इधर-उधर देख ही रहे थे कि बीरबल बोले–"क्यों मुल्ला जी? क्या चाहिए?" मुल्ला जी शीशा नहीं देख पाये और इस कारण ऐसी पगड़ी बंधी जिसे देखकर सभी हंसने लगे।

बादशाह बोले–"वाह मुल्ला जी! आप जो काम स्वयं नहीं कर सके वह अपनी पत्नी से करवाते हैं और बीरबल को देखते हुए मुस्कराने लगे।"

झख मार रहे हैं

बादशाह अकबर को सुबह की सैर करना अच्छा लगता था। एक दिन वह बीरबल के साथ टहलकर वापिस महल की तरफ जा रहे थे तो उन्होंने यमुना नदी के किनारे एक मछुआरे को देखा। वह मछुआरा मछली पकड़ रहा था। बादशाह अकबर को भी उसकी तरह नदी के किनारे बैठकर मछली पकड़ने का शौक चढ़ा। अपना शौक पूरा करने के लिए बादशाह तो मछली पकड़ने बैठ गये और बीरबल किसी आवश्यक कार्य से बेगम के पास चले गये।

बीरबल को देखकर बेगम ने पूछा–"बादशाह कहां हैं?"

बीरबल ने कहा–"झख मार रहे हैं।"

बेगम साहिबा ऐसा उत्तर सुनकर बहुत नाराज हुईं और बादशाह के महल में वापिस आने पर बीरबल के द्वारा कहे हुए शब्द बताये और उसे सजा देने के लिए कहा।

बादशाह को बीरबल के वाक्य सुनकर बेहद गुस्सा आ गया। बेगम साहिबा बादशाह के क्रोधित चेहरे को देखते हुए बोली कि आपने उसे कुछ ज्यादा ही सिर चढ़ा लिया है उसी का ये परिणाम है।

बादशाह ने तुरन्त बीरबल को बुलाने का आदेश दिया। बीरबल के आते ही बादशाह गुस्से में उससे बोले–"बीरबल तुमने बेगम से क्या कहा कि हम झख मार रहे हैं। लगता है कि तुम्हें अपने ऊपर घमण्ड हो गया है।"

बीरबल नम्रतापूर्वक उत्तर देते हुए बोला–"बादशाह सलामत! गुस्ताखी माफ हो। मछली को 'झख' ही कहा जाता है और मैंने तो यही कहा था। बादशाह सलामत, यदि मुझसे कोई गलती हो गई हो तो मुझे माफ करना, किन्तु मैंने आपके लिए कोई बुरे वचन नहीं कहे थे।"

बीरबल का उत्तर सुनकर बादशाह का क्रोध शांत हो गया और बेगम की तरफ देखकर मुस्कराने लगे।

भगवान इच्छा

बादशाह अकबर को शिकार खेलने का शौक तो था ही, इसलिए वह एक दिन बीरबल के साथ शिकार खेलने जंगल में गये। वहां असावधानी से तलवार पकड़ने के कारण उनकी उंगली थोड़ी-सी कट गई। यह देख बीरबल बोले—"भगवान जो करता है, अच्छा ही करता है।"

यह सुनकर बादशाह ने क्रोधित होकर बीरबल को दरबार से बाहर निकाल दिया। बीरबल फिर से यही कहते हुए कि भगवान जो करता है अच्छा ही करता है, दरबार से चला गया।

कुछ दिनों बाद बादशाह फिर शिकार खेलने सैनिकों को साथ लेकर जंगल में गये।

दुर्भाग्यवश अकबर अपने साथियों से बिछुड़ कर जंगल में भटकते-भटकते बहुत दूर निकल गये। वहां आदिवासी उन्हें पकड़कर अपने सरदार के पास ले गये।

आदिवासियों के सरदार ने उनकी बलि देने की घोषणा कर दी और देवता को प्रसन्न करने के लिए आराधना करने लगा। सभी आदिवासी बादशाह के चारों ओर घूम-घूम कर नृत्य कर रहे थे कि एक की नजर बादशाह के कटे हुऐ अंगूठे पर पड़ गई। उसने अपने सरदार से अजीब-सी भाषा में कुछ कहा तो उसने बादशाह को अंगूठा कटा होने के कारण वह बलि देने के योग्य नहीं थे, अतः उन्हें छोड़ दिया गया।

बादशाह को बीरबल की कही हुई बात याद आई और उन्होंने महल जाकर बीरबल को वापिस बुलाया और उसे ससम्मान उसका पद दे दिया।

बादशाह ने सारा वृतांत बीरबल को सुनाते हुए पूछा कि उसने दरबार से जाते समय भी यह क्यों कहा कि भगवान जो करता है, अच्छा ही करता है।

बीरबल बोला–"हुजूर! यदि आप मुझे न निकालते तो मैं आपके साथ शिकार पर जाता और वहां आदिवासी मुझे तो पकड़ लेते किन्तु आप अपने कटे हुए अंगूठे के कारण बच जाते।"

बीरबल का उत्तर सुनकर बादशाह मुस्कराने लगे।

अंगूठी चोर

एक बार बादशाह को यह शरारत सूझी कि वह बीरबल को बेवकूफ बनाये। यह सोच कर वह तरकीब सोचने लगे।

उन्होंने एक दिन अपनी प्रिय अंगूठी निकालकर एक सरदार को देते हुए कहा कि वह इसे छिपाकर और संभालकर रख दे। उस सरदार ने वैसा ही किया।

बीरबल के आते ही उन्होंने बीरबल से कहा–"बीरबल आज हमारी अंगूठी कहीं गुम हो गई है। सुबह से तो वह हमारे पास ही थी किन्तु शौच के लिए जाते समय हमने उसे उतार कर रख दी लेकिन जब वापिस आये तो देखा कि अंगूठी अपनी जगह पर नहीं हैं।"

बीरबल पहले तो चुपचाप सुनते रहे। फिर बादशाह बोले–"मुझे विश्वास है कि यह कार्य महल के ही किसी व्यक्ति का है क्यों कि बाहर का कोई व्यक्ति आसानी से महल में प्रवेश नहीं कर सकता। मेरी समस्या तुम्हीं दूर कर सकते हो, अतः मैंने तुम्हें सारी बातें बता दी हैं। अब तुम मेरी अंगूठी ढूंढ़ो।"

बीरबल के जगह पूछने पर कि बादशाह ने अंगूठी उतार कर कहां रखी थी बादशाह ने अलमारी की तरफ इशारा कर दिया। बीरबल ने उस अलमारी के पास जाकर कान लगाने का नाटक करते हुए कहा कि शायद हमारी बात कोई सुन रहा है।

फिर बीरबल ने बादशाह की ओर देखते हुए कहा कि अलमारी बताती है जिसने अंगूठी चुराई है, उसकी दाढ़ी में तिनका है।

बीरबल की बात सुनकर वहां बैठे सरदार ने अपने मुंह और दाढ़ी को टटोला।

बीरबल ने उसे ऐसा करते हुए देख लिया। फिर उसके पास जाकर उसे पकड़ते हुए बादशाह के पास लाये और बोले–"बादशाह सलामत! यही वह व्यक्ति है जिसने आपकी अंगूठी चुराई है।"

बादशाह तो यह बात जानते ही थे क्योंकि अंगूठी तो उन्होंने ही उस सरदार को दी थी, अतः वे बीरबल को देख कर मन्द-मन्द मुस्कराने लगे।

सिर्फ अक्ल ही ले सका

बादशाह दरबार में बैठे किसी न किसी बात को चर्चा का विषय बना ही देते थे। इस बार उनकी चर्चा का विषय था पुरुषों की सुन्दरता। यह सुन बीरबल से ईर्ष्या करने वालों को तो अच्छा अवसर प्राप्त हो गया बीरबल का अपमान करने के लिए। क्योंकि बीरबल तो उनकी नजर में बदसूरत था।

जिस समय इस विषय पर चर्चा चल रही थी, उस समय बीरबल वहां उपस्थित नहीं थे। बीरबल के दरबार में आते ही वे सब उन पर हंसने लगे।

बीरबल उन सबकी हंसी का कारण जानना चाहते थे किन्तु सही मौका न समझकर चुप हो गये। फिर कुछ समय बीत जाने पर बादशाह से बोले–"जहांपनाह! आज तो आप बहुत प्रसन्न मुद्रा में दिखाई दे रहे हैं। क्या बात है?"

बादशाह बोला–"बीरबल सभी तुम्हारी बदसूरती को लेकर हंसते हैं। ऐसा क्यों है कि सभी गोरे हैं और तुम काले हो?"

बीरबल बोला–"क्या आप नहीं जानते।"

बादशाह ने कहा–"नहीं भाई, हम तो नहीं जानते। इसकी वजह तुम ही बता दो।"

अब बीरबल बोले–"उस परमात्मा परमेश्वर ने सर्वप्रथम दुनिया बनाने से पहले नवजीव को बनाया। मगर इसके बाद उन्होंने चौपाये और दरिन्दे बना दिये। फिर परमेश्वर ने आदमी का सृजन किया। इसे बनाकर भी वह खुश हुआ। फिर उसने आदमी के लिए पहली रूप, दूसरी दौलत, तीसरी अकल और चौथी ताकत बनाई। उसने इन चारों चीजों को रखते हुए आदमी से कहा कि वह अपनी इच्छानुसार जो

चाहे वही ले ले। मैं सबसे पहले अक्ल में बाकी चीजें नहीं ले पाया। आप जैसे लोग दौलत और खूबसूरती लेने में व्यस्त रहे और अक्ल नहीं ले पाये। बस यही कारण है मेरे काले होने का।"

बीरबल की बात सुनकर उनसे ईर्ष्या करने वाले सभी दरबारी शर्मिन्दा हो गये और बादशाह संतुष्ट।

सबसे उज्जवल कौन?

एक दिन की बात है। अपनी आदत के अनुसार बादशाह ने दरबारियों से एक प्रश्न पूछा कि इस संसार में सबसे उज्ज्वल कौन है?

सभी दरबारियों ने अपनी बुद्धि-कौशल के हिसाब से अलग-अलग उत्तर दिया। किसी ने कपास बताया तो किसी ने बर्फ। किसी ने फूल को सबसे उज्ज्वल बताया। अन्य ने और नाम बताये। इस प्रकार सबके उत्तर सुनकर कपास और दूध को सबसे उज्ज्वल मान लिया गया।

बीरबल जो अब तक चुप बैठे थे, बादशाह के पूछने पर बोले कि उनकी नजर में सबसे उज्ज्वल सूरज की रोशनी है।

बादशाह ने बीरबल से उसके उत्तर को सिद्ध करने के लिए कहा।

अगले दिन दोपहर के समय बादशाह आराम कर रहे थे तभी बीरबल कटोरे में दूध और कपास ले आया। उसने वह दोनों वस्तुएं कमरे के दरवाजे पर रख दीं। कमरा चारों तरफ से बन्द होने के कारण अन्धकारमय था। बीरबल ने इस काम को चुपचाप किया।

जब बादशाह उठकर बाहर जाने लगे तो उनका पैर दूध पर लगा और सारा दूध बिखर गया। बादशाह ने दूध और कपास दरवाजे पर रखा देखा तो वह समझ गये कि यह काम बीरबल का है, अतः उन्होंने बीरबल से इसका कारण पूछा।

बीरबल विनम्रता से बोला-"आलीजहां! आपने मुझे अपनी बात सिद्ध करने के लिए कहा था। मैंने तो वही किया है। मैं मानता हूँ कि कपास और दूध उज्ज्वल होते हैं किन्तु सूरज की रोशनी सबसे

उज्ज्वल है क्योंकि ये दोनों चीजें आपको दिखाई नहीं दीं क्योंकि कमरे में अंधेरा था किन्तु दरवाजे के खुलते ही सूरज की रोशनी पड़ी और आपने सब देख लिया। अब तो आप भी समझ गये होंगे कि सूरज की रोशनी ही सबसे उज्ज्वल है।"

बीरबल का उत्तर सुनकर बादशाह उसकी चतुराई की प्रंशसा किये बिना न रह सके।

चुप रहने में ही भलाई है

एक दिन बादशाह अकबर ने बीरबल से कहा कि वह ऐसा व्यक्ति ढूंढ़कर लाये जो बुद्धिमानों से भी बुद्धिमान है।

आज्ञा पाकर बीरबल कुछ दिनों का अवकाश लेकर और धन लेकर बुद्धिमान को ढूंढ़ने निकल पड़ा। उसने पांच सौ स्वर्ण मोहरें खर्चे के लिए ले लीं। बीरबल ने वह अवकाश के दिन घर में रहकर आराम करके बिता दिये और मोहरें प्रजा के दीन-दुःखियों की सहायता करने में खर्च कर दिये। सातवें दिन बीरबल ने एक ग्वाले को बुलाया जो भेड़-बकरियां चराता था, उसे नहला कर अच्छे वस्त्र पहनाये और कुछ समझाकर बादशाह के सामने ले गया।

बीरबल ने उसे अच्छी तरह समझा दिया कि उसे दरबार में बादशाह के सामने कैसे पेश आना है।

बीरबल उस ग्वाले को बादशाह के सामने ले गया और बोला—"बादशाह सलामत! मैं आपके आदेशानुसार बुद्धिमानों के बुद्धिमान को ढूंढ़कर ले आया हूँ।"

बादशाह ने उस ग्वाले से पूछा—"बताओ तुम क्या-क्या जानते हो? तुम्हारा नाम क्या है?"

बादशाह ने उससे न जाने कितने ही प्रश्न किये किन्तु वह कुछ बोला ही नहीं। उसने बादशाह के किसी भी प्रश्न का उत्तर नहीं दिया। क्योंकि बीरबल ने तो उसे पहले ही समझा दिया था।

बादशाह क्रोधित होते हुए बीरबल से बोले—"तुम ये किसे पकड़कर ले आये हो? यह गूंगा-बहरा तो नहीं है। इसने तो किसी भी प्रश्न का उत्तर नहीं दिया और तुम कहते हो कि यह बुद्धिमानों का भी बुद्धिमान है।"

बीरबल मुस्कराते हुए बोले—"यही तो इसकी बुद्धिमानी है।

बुजुर्गों से इसने सुना है कि अपने राजा और बुद्धिमान व्यक्ति के सामने चुप रहने में ही भलाई है।"

यह सुनकर बादशाह ने खुश होकर ग्वाले को इनाम दिया और विदा कर दिया।